Haftnotizen

AF221374

Thomas Marin (Hrsg.)

Haftnotizen

Texte und Gedanken
aus dem Jugendknast

BoD
BOOKS on DEMAND

Bibliografische Information der Deutschen Nationalbibliothek:
Die Deutsche Nationalbibliothek verzeichnet diese Publikation in der Deutschen Nationalbibliografie; detaillierte bibliografische Daten sind im Internet über http://dnb.dnb.de abrufbar.

Herstellung und Verlag: BoD – Books on Demand, Norderstedt

ISBN: 978-3-7528-5176-2

Inhaltsverzeichnis

Schreiben im Knast 7

Haftnotizen I 9

Plötzensee 20

Herbst – Advent – Weihnachten 30

Jailbirds reloaded 44

Gute Seele 59

Versuche in Haiku und Senryū 64

Dave, Betty, Juri 75

Meine Zukunft 123

Ein Brief an mich selbst 129

Haftnotizen II 132

Mayonnaise 139

Das Haus meiner Kindheit 149

Uroma 163

Im Warteraum des Bürgeramts 169

Alte Leute 182

Dank 195

Schreiben im Knast

Schreibprojekte in Gefängnissen sind nicht so selten, wie der Außenstehende vielleicht vermuten könnte. Wenig Abwechslung im Haftalltag und das Bedürfnis, sich auszudrücken, sind der Hintergrund, vor dem mancher Gefangene auf die Idee kommt, etwas zu Papier zu bringen. So gibt es mittlerweile eine ganze Reihe von Büchern, in denen Gefangene oder Haftentlassene über ihr Leben schreiben, Angehörige verschiedener Berufe wie Seelsorger, Lehrer oder Trainer ihre Erfahrungen verarbeiten. Diverse Gefangenenzeitungen präsentieren Texte Gefangener, in denen häufig Alltagsprobleme des Lebens in Gefangenschaft erörtert werden.

Wenn dieses Buch also kein Novum darstellt, so dürfte es dennoch sowohl für den, der bereits Erfahrungen mit Knastliteratur hat, besonders aber für den, der bisher wenig Berührungspunkte mit Inhaftierten hatte, manches Lesenswerte und Überraschende bereithalten.

Nachdem der Herausgeber im Jahr 2014 unter dem Titel „Jailbirds – Blicke zum Himmel über dem Knast" eine Textsammlung veröffentlichte, in der einige Arbeiten jugendlicher Gefangener enthalten waren, begann er im Dezember 2015 in der Jugendstrafanstalt Berlin ein Schreibprojekt, dessen Ergebnisse hier präsentiert werden. Bis zum Frühjahr 2018 versuchten sich die Teilnehmer an verschiedenen Textgattungen und Themen. Fiktive Geschichten und persönliche Betrachtungen entstanden nach thematischen Anregungen oder konkreten Vorgaben.

Nicht jeder Text war gleich literaturpreisverdächtig, doch gab es ausreichend Material, das für die die Veröffentlichung geeignet erschien. Dabei offenbarten die Autoren ein teilweise beeindruckendes Niveau an Ausdrucksfähigkeit und differenzierter Auseinandersetzung.

Einige Texte wurden während der Laufzeit des Projekts vorab präsentiert, etwa im Rahmen eines Wettbewerbs des Fördervereins für die Jugendstrafanstalt Berlin e.V. oder bei einer gemeinsamen Veranstaltung des Ökumenischen Gedenkzentrums am Heckerdamm mit der Seelsorge an der JVA Plötzensee. Die Wirkung der Arbeiten auf das Publikum stellte eine zusätzliche Ermutigung zur Veröffentlichung in Buchform dar.

Für die Teilnahme am Projekt bewarben sich die Autoren mit einem Text zu einem frei gewählten Thema und in frei gewählter Form. Einige dieser Texte und andere, aus eigenem Antrieb geschriebene, finden sich in den Kapiteln „Haftnotizen".

Die Autoren der Texte werden mit teilanonymisierter Namensform oder Pseudonym benannt. Einleitende und mit dem Kürzel Rin gezeichnete Texte stammen vom Herausgeber. In diesen hat er versucht, die Rechtschreibung der deutschen Kultusministerkonferenz nach Kräften zu ignorieren. Die anderen Texte wurden in der den Autoren vertrauten Rechtschreibung korrigiert.

Berlin im Mai 2018

Thomas Marin

katholischer Seelsorger an der

Jugendstrafanstalt Berlin

Haftnotizen I

Männerabend

Ich sitze im hinteren Bereich vom Bus und blicke aus dem Fenster. Es ist schon fast dunkel, so dass sich mein Spiegelbild mit den Umrissen der Außenwelt vermischt. Ich schwelge in Erinnerungen und mein Unterbewusstsein nimmt den dumpfen Glockenschlag wahr, welcher die nächste Haltestelle ankündigt. Noch zwei Stationen. Meine Armbanduhr verrät mir, dass ich fünfzehn Minuten zu spät komme. Halb so wild, die Jungs warten und einer ist eh immer noch unpünktlicher als ich. Nach kurzer Zeit laufe ich zur Tür und mache mich bereit zum Aussteigen. Die Tageszeit und meine alleinige Anwesenheit im Bus erlauben mir, meiner Frisur ungestört den letzten Schliff zu verleihen. Ich betrachte mein Äußeres und streife mit dem Zeigefinger über die Nähte der Platzwunde unter meinem rechten Auge. In Gedanken sehe ich die heransausende Metallstange, welche ungebremst mein Gesicht küsst. Ich verwerfe die Erinnerung und steige aus dem Bus aus.

An der Straßenecke sehe ich knapp ein Dutzend Gestalten, die sich gestikulierend unterhalten. Sie rufen meinen Namen und geben bescheuerte Laute von sich. Grinsend laufe ich auf meine Brüder von anderen Müttern zu und begrüße sie. Ein Handschlag, der im besten Fall mit einem lauten Klatschen einhergeht, und die darauf folgende Umarmung, die den einen oder anderen vor Freude durch die Luft wirbelt. Bei belanglosen Gesprächen über den vergangenen Tag zünde ich mir eine Zigarette an und atme in Richtung des hell leuchtenden Mondes aus. Die Windstille lässt den weißen Rauch über die Straße gleiten.

Kurze Zeit später ist das Rudel komplett und wir gelangen über ein paar Nebenstraßen zur nächsten Einkaufsmöglichkeit. Zehn Minuten vor Ladenschluss betreten wir das Geschäft und begeben uns auf direktem Weg zur Spirituosenabteilung. Da ich mit der jetzigen Diskussion über die Auswahl der Getränke vertraut bin, verdrücke ich mich zwei Gänge weiter für meine Geheime Mission: Bärenmarke Schokomilch. Als sich alle mehr oder weniger einig geworden sind, bezahlen wir bei der hübschen Blondine an Kasse drei und verlassen anschließend das Geschäft.

Nach zwanzig Minuten Laufweg ist die erste Flasche auf zwölf Mägen verteilt und wir erreichen einen kleinen See, der von Bäumen und Sträuchern umringt wird. Mittlerweile ist es Nacht geworden, doch das Licht des Mondes spiegelt sich auf der seichten Wasseroberfläche wider, so dass ich die anderen Gesichter mühelos erkennen kann. Wir platzieren uns an zwei aneinandergereihte Bänke. Eine kleine Musikbox, die für ihre Größe einen relativ guten Klang hat, erfüllt die Umgebung mit Deutschrap. Mit jedem Schluck aus meinem weißen Pappbecher verfliegen die Probleme, welche soeben noch meine Gedanken plagten. Unsere Stimmung läuft konstant auf den Höhepunkt zu. Der eine oder andere erzählt amüsante bis verrückte Geschichten, die der allgemeinen Belustigung dienen. Die Musik verstummt, als die ersten beiden Joints angezündet werden. Jeder Zug ruft durch das Knistern der Knollen die Erinnerung an ein entspanntes Lagerfeuer ins Gedächtnis. Ein Geruch, der nur für Personen greifbar ist, die mal mit diesem Genussmittel in Kontakt gekommen sind, umhüllt unsere Gruppe.

Mittlerweile ist es kurz vor Mitternacht und wir beschließen, uns auf den Weg zur Bushaltestelle zu machen. Die enthemmende Wirkung des Konsums lässt uns lautstark durch die Wohngegend marschieren. Rücksichtnahme Fehlanzeige. Als wir auf die Hauptstraße gelangen, nähert sich schon das leuchtende Augenpaar des Busses. Der Großteil unserer Gruppe entscheidet sich für einen Sprint, um rechtzeitig die Haltestelle zu erreichen. Sie verabschieden sich hastig beim Rennen und lassen uns als Trio zurück.

Eine Weile laufen wir planlos durch die Straßen und beschließen, in der nächsten Kneipe einen Absacker zu trinken. An einer Straßenecke biegen wir in eine schmale Gasse ein. Das matte Licht der Laternen erhellt die rotbraunen Backsteine eines Wohnhauses am Rande des Bürgersteigs. Zwei Gestalten erscheinen etwa hundert Meter vor uns. Als wir uns näherkommen, erkenne ich, dass es sich um Jungs in unserem Alter handeln muss. Im Vorbeigehen mustern wir uns gegenseitig. Ihr bärtiges Gesicht und die schwarzen Haare verraten mir ihre südländische Herkunft. Der größere rempelt einen meiner Freunde an, was ausreicht, um die Situation eskalieren zu lassen. Beim Umdrehen verteilt Karim als Reaktion auf den Zusammenstoß einen Schlag mit der flachen Hand auf das Ohr seines Gegners. Durch die Wucht der Backpfeife macht er einen Schritt zur Seite und Verwirrung breitet sich in seinem Gesicht aus. Karim nutzt den Moment und holt zu einer Schlagkombination aus, wovon drei Schläge das Gesicht und zwei den Körper treffen. Sie befinden sich etwa fünf Meter vor uns, als der Junge zu Boden geht und sich mit den Händen abstützt. Rote Flüssigkeit rinnt sein Gesicht entlang und tropft auf den Asphalt. Karim schreit ihn an, wodurch er sich mehr und mehr in den Konflikt hineinsteigert. Als er beginnt, auf ihn einzutreten, bemerke ich aus dem Augenwinkel, wie der Freund des Jungen in seine Jackentasche greift und seinem Begleiter zu Hilfe eilt. Ich mache zwei Schritte nach vorne, drücke mich mit dem linken Fuß ab und lasse mein rechtes Bein angewinkelt nach vorn schnellen. Als

11

er ausholt, um Karim mit seinem Messer einen Stich zu verpassen, trifft mein Knie ihn mit voller Wucht seitlich am Kiefer. Ein lautes Knacken, begleitet von dem dumpfen Aufschlag seines Kopfes auf Beton dringt in meine Ohren. Die Glieder vom Körper gestreckt, liegt er reglos am Boden. Eine mit jeder Sekunde größer werdende Blutlache breitet sich unter seinem Kopf aus. „Du kannst dich wohl nie zurückhalten, was?" sagt Karim mit einem Lächeln. Ich blicke auf den Jungen herab und erkenne erst jetzt im schwachen Licht der Laterne sein Gesicht. Irgendwie kommt es mir bekannt vor, doch ehe ich mich näher mit dem Gedanken befassen kann, reißen mich heulende Sirenen in die Realität zurück. „Los, beeilen wir uns!" brüllt Karim. Wir lassen die beiden liegen und verschwinden in die Dunkelheit.

Am nächsten Morgen wache ich zuhause auf. Meine Augen öffnen sich nur schwer und Kopfschmerzen plagen meine Schläfen, sodass sich die Lust zum Aufstehen minimiert. Ich taste unter der Bettdecke nach meinem Handy und blicke auf den Bildschirm. Zwölf Anrufe in Abwesenheit, alle von einem meiner Freunde, der gestern jedoch nicht mit uns unterwegs war. Wahrscheinlich will er nur wissen, wie der Abend gestern verlaufen ist und ob er etwas verpasst hat. Ich drücke die Wahlwiederholungstaste und lausche dem Rufzeichen. Als er nach einigen Sekunden rangeht, lässt er mich gar nicht erst zur Begrüßung kommen. Er schluchzt, und trotzdem verstehe ich seinen Satz klar und deutlich. „Mein kleiner Bruder ist gestern Nacht gestorben." Die Worte hallen durch meinen Kopf, die Augen weit aufgerissen. Als er fortfährt gleitet eine eiskalte Flut durch meinen Körper, während die Wände um mich herum zu verschwinden scheinen. Nach einer Schlägerei erlag er im Krankenhaus seinen Verletzungen.

Merlin S.

Bienen

Bedeutende Nachricht aus der Tierwelt: Naturwissenschaftler haben beobachtet, dass sich in der Welt der Bienen grundlegende Veränderungen anbahnen. Demzufolge fordern die Bienen von der Bienenkönigin in Zukunft mehr Gehalt, Selbstbestimmungsrecht bei Wohnort und Berufswahl sowie transparente Wahlen. Nach eigenen Angaben hätten sie genug davon, sich volltags um die kleinen Bienen zu kümmern, während es sich die Königin auf Kosten der Arbeiterschicht gut gehen lässt und, der Vorwurf steht schon seit langer Zeit im Raum, sogar Wahlen verhindert. Diese Beobachtung erscheint plausibel, da die Königin, so die Wissenschaftler, schon seit Lebenszeit im Amt ist. Des weiteren beklagen sich die Bienen darüber, dass ihre Arbeitszeiten Urlaub oder Freizeitaktivitäten kaum zuließen. Unhaltbare Zustände...

Tristan

Gedankensplitter

Ich öffne die Augen und sehe immer wieder eine mir fremde Zimmerdecke. Noch schlaftrunken von der letzten Nacht wegen der Träume, die so zahlreich und verschieden waren, starte ich einen taumelnden Versuch, mich aus dem Bett zu schwingen. Ich wandle barfuß über den Boden und spüre die kalte, künstliche Seite der sich langsam nähernden Realität: dem Licht, das mich in dem kleinen Raum begrüßt, den wir Nasszelle und andere Badezimmer nennen.

Zivilisation ist ein Miststück,
das auf dem Zahnfleisch geht.

Regen! Ich begutachte ihn wie ein eifriger Kinobesucher seinen Film. Von meinem Fenster aus, das versucht, mir die Aussicht auf diesen frei fließenden Ausguss der Natur zu verwehren, lasse ich mich dennoch nicht unterkriegen. Wenn es regnet, weint die Welt, entweder vor Kummer oder vor Glück. Ich tue es ihr heute jedenfalls gleich, denn ich werde heute entlassen in die Freiheit. Bei mir sind es Tränen der Freude, die ich auf der Schwelle hinaus vergieße. Was wären sie bei euch?

Ich bin niemand. Sind Sie wer?
Kommen Sie auch von Nirgendwoher?

Oh, dieser von mir so verfluchte Alltag, der mir immer wieder seine widerliche Monotonie ins Gesicht reiben will. Es ist zum kotzen! Jeden Tag die gleichen Bilder: Mord, Krieg, Hunger und Gewalt. Es ist doch jeden Tag der gleiche Horror, der mir aus der Kiste entgegenwimmert. Schrill klingt dazu das kommerzielle Echo und das Schlimmste ist: Freundschaft ist heute virtuell.

Dennis K.

Sehr geehrter Papa

Du fragtest mich, warum ich so bin, warum ich all die Dinge in der Vergangenheit getan habe. Und ob ich wirklich dein Sohn bin oder bei der Geburt im Krankenhaus vertauscht wurde, ein Kuckuckskind bin.

Um all deine Bedenken zu beantworten: Ja, ich bin dein Sohn. Ich habe all deine Eigenschaften und Interessen, nur bin ich anders und gestalte mein Leben so, wie es mir gefällt und nicht nach deiner Vorstellung. Ich weiß, dass es manchmal nicht der richtige Weg ist, den ich gehe, aber mit den Fehlern lerne ich immer ein Stück mehr. Ich sage nicht, dass mir deine Meinung egal ist. Ich wünsche mir sogar, dass du mir deine Erfahrung und Weisheit mitgibst, aber bitte nicht als Befehl.

In Liebe, dein Sohn

Taleh B.

Nachtschwärmer

Michael schwieg. Er presste die Lippen aneinander, als wollte er sich dagegen wehren, dass irgendetwas seinem Körper entweicht. Es brauchte seine Zeit, aber die kühle Abendluft schien ihm dabei zu helfen, sich der Realität bewusst zu werden. Er blieb an einer Kreuzung stehen und wartete, bis die nächste Grünphase einsetzte. Eine Person Mitte 20 kam ihm entgegen. „Ej du, hast du mal ne Zigarette?", fragte Michael. Währenddessen fiel ihm auf, dass der Junge wahrscheinlich keine 18 Jahre alt war. Er zögerte, antwortete dann aber lässig: „Ja, klar, Moment." Er brachte seine Packung zum Vorschein und gab eine raus. Michael nickte. „Und Feuer?" Der Junge schien es eilig zu haben. Erst beim dritten Versuch fing die Zigarette zu glühen an. Michael zog den Reißverschluss seiner Jacke zu, vergrub eine Hand in der Hosentasche und setzte seinen Weg fort. Der kalte Wind hatte fast eine lähmende Wirkung entwickelt. Plötzlich drehte er sich um. „Hey, bleib stehen!" Er ging einige Schritte zurück und drückte dem Jungen etwas in die Hand. „Hier Kleiner, hör lieber mit dem Rauchen auf." Der Teenager schaute ihn verdutzt an und schüttelte mit dem Kopf. Ein kaum hörbares Murmeln verlor sich zwischen Autohupen.

Die Fußgängerampel war mittlerweile wieder auf Rot. Der Rauch, der Michaels Atemwege auf dem Weg zur Lunge passierte, tat ihm gut. Es erwachte jenes alte Gefühl der Selbstbestimmung in ihm zum Leben, welches er bestimmt vermisste, hätte er nicht in der ganzen Zeit vergessen, wie es sich überhaupt anfühlte. Die Kollegen grüßen, so tun, als ob es ihm nichts ausmachen würde, dass er Überstunden macht. Selbst im Arm seiner Frau zu liegen, als die Nachricht der zweiten Fehlgeburt um halb sechs Uhr morgens von einem neurotischen Assistenzarzt am Krankenhausbett übermittelt wurde, es sind alles nur Handlungen zum Gefallen der Mitmenschen und Wahrung der Anstandsformen. Lisa hatte sich den Kinderwunsch mit der Zeit auch abgeschrieben. Dafür war er unter Umständen schon mehrmals Vater geworden auf seinen Streifzügen durch das Nachtleben.

Die Nachtschwärmer, die die schlecht beleuchtete Straße bevölkerten, ließen ihn an die Vorteile der Anonymität der Großstadt erinnern. Die Zigarette war aufgeraucht. Er brauchte Nachschub. Vor einem Tankstellennachtschalter kramte er nach Kleingeld. Zwischen den Münzen befand sich noch einer der Nikotinkaugummis, von denen er dachte, er hätte dem Jungen den letzten gegeben. Der korpulenten Verkäuferin hinter der Glasscheibe schien es nichts auszumachen, zu warten. Sie stand einfach da und war bereit, seine Order entgegenzunehmen. Sie erinnerte ihn irgendwie an die Frau, die in der Werbung mal gefragt hatte, was die Kondome kosten. Einige Taxifahrer reihten sich hinter Michael ein, um ihre Tankkosten zu bezahlen. Währenddessen schob die Dicke das Päckchen Glimmstängel durch die Schublade. Es war die gleiche Marke, von der er auch eine Schachtel in seinem Hochzeitsanzug im Schrank versteckte. Das Nikotin ebnete den Weg, klar zu denken.

Die fünftausend Euro wurden mit 20 Prozent bezinst. Zahlungserinnerungen von Männern in Lederjacken waren im Service inbegriffen. Die Zeit bei der Polizei hat zwangsläufig dazu geführt, sich selbst unfehlbar und jeden Kriminellen als genetisch intelligenzgemindert anzusehen. Diese sture Wahrnehmung führt dazu, das Offensichtliche auszublenden. Offensichtliches wie seine Spielsucht. Immer wieder besänftigte er sich, indem er sich einredete, die Typen könnten schon nichts machen. Was auch? Ihn auf offener Straße abknallen? Verdammt, wir leben doch nicht in der Bronx, ratterte es in seinem Kopf.

Am Straßenrand saß ein Obdachloser. Er schmiss seine restlichen Münzen in den zerfledderten Becher am Bordstein.

Trotzdem wurde es langsam eng. Die Tipps, wann und wo eine Razzia stattfinden würde, reichten vielleicht aus, um sein Taschengeld aufzubessern, aber für viel mehr auch nicht. Die Lunge schmerzte. Oder war es das Herz? Auf jeden Fall tat es weh. Das Telefon vibrierte. Es war Lisa. Die Schmerzen wurden stärker. In Gedanken an den möglichen Grund ihres Anrufs schlossen sich seine Augen...

Der Aussicht nach zu urteilen war es mittags. Ein Seitenblick ließ Michael wissen, er befand sich im Krankenhaus. Was war passiert? Er versuchte, aufzustehen, doch sein Kopf vermittelte ihm, es wäre besser, liegenzubleiben. Der penetrante Geruch von Erbrochenem ging seine Nase hoch. Im Nachthemd irrte er im Gang herum. Die Leute schienen nicht mehr darüber verwundert, als er es hatte angenommen. Eine zierliche Krankenschwester rannte auf ihn zu. „In Gottes Namen, legen Sie sich wieder hin!", entfuhr es ihr. „Leck mich!" „Wie bitte?" „Ich setz' mich", sagte er. Scherzkeks, dachte sie. Er nahm auf einem Sitz neben einem Kaffeeautomaten Platz. „Haben

Sie mal nen Euro?" Sie überging die Frage und fing an, von den Risiken des eigenmächtigen Aufstehens aus seinem Bett zu sinnieren. Bei dem Wort Herzinfarkt wurde er wieder hellhörig. „Wann?" Gestern. „Wo?" Auf der Straße. „Wieso?" Belastung. „Schalten Sie einen Gang runter", sagte sie. „Okay. Haben sie trotzdem nen Euro?"

Leon K.

Kindheitstraum

Er wird geboren in den Neunzigern. Gott war großzügig und schenkte der Mutter fünf Kinder.

Er war einer davon, nicht jung, nicht alt, doch was alt sein heißt, erfährt er bald.

Er war ein kleiner Rebell, tobte und kämpfte sich durchs Leben. Er wollte auch mal groß sein und Mutter vieles zurückgeben.

Er hat ein helles Köpfchen und vieles zu bieten, doch das große Geld schien ihn mehr zu interessieren.

So wie jeder Junge wollte er dicke Autos fahren und für Mamas schönes Haus Geld beiseite sparen.

Doch der Junge plante und das Schicksal klagte, aber wann er das erfährt ist eine Zeit der Frage.

Alles ging viel zu schnell, er war ein Jugendlicher, doch im nächsten Augenblick schon Einbrecher.

Und so bekam er zu sehen das erste große Geld. Er wollte mehr davon haben, am liebsten die ganze Welt.

Und so rutschte er von einer Straftat zur anderen. Jetzt hatte er schon ganz teuflische Gedanken.

Er wurde von Lehrern gewarnt, vom Vater ermahnt, doch keiner weiß, wieso er das nicht verstand.

Nun wollte er raus aus dem Teufelskreis und ein neues Leben beginnen. Doch es war zu spät, er war schon mittendrin.

Er weiß jetzt, so geht es nicht weiter, denn er wird immer älter und im Leben scheitern.

Dieser Junge bin ich und muss heute eine langjährige Strafe verbüßen, dieser Mist hat kein' Sinn und so verabschiede ich mich mit schönen Grüßen.

Salah D.

Shamil O.

Plötzensee

Im Sommer 2017 widmeten sich die Teilnehmer des Schreibprojekts der Geschichte des Ortes, an dem sich die Jugendstrafanstalt Berlin befindet. Das Gefängnis Plötzensee war seit seiner Inbetriebnahme in den 1870er Jahren auch Hinrichtungsstätte. Bis 1932 wurden mehr als 30 Verurteilte mit dem Handbeil hingerichtet.

Mit der Machtübernahme der Nationalsozialisten stiegen die Hinrichtungszahlen rapide an. 2891 Todesurteile wurden bis 1945 vollstreckt. Neben wenigen Urteilen wegen schwerster Verbrechen, für die auch zuvor die Todesstrafe verhängt worden war, wurden vor allem Menschen hingerichtet, die sich im Widerstand gegen das mörderische System engagiert, Verfolgte unterstützt oder sich schlicht ihre freie Meinung bewahrt hatten. Wo die zum Tod Verurteilten ihre letzten Lebensstunden verbrachten, befindet sich heute – in unmittelbarer Nachbarschaft zur Gedenkstätte Plötzensee – ein Gebäude mit Arbeitsbetrieben und ein Sportplatz.

Beginnend mit einem Film und einem Referat eines Gefangenen über das Attentat auf Adolf Hitler am 20. Juli 1944 setzten sich die Teilnehmer mit Einzelschicksalen ausgewählter Persönlichkeiten auseinander. Militärs und Zivilisten, Politiker und Künstler, aus dem Umfeld des 20. Juli wie der Roten Kapelle, Männer wie Frauen wurden in den Blick genommen. Nach eingehender Beschäftigung mit den Biographien und den Umständen der Verhaftung und Verurteilung entstanden die folgenden Texte, die im Rahmen der Plötzenseer Tage am 26. Januar 2018 bei einer gemeinsamen Gedenkveranstaltung des Ökumenischen Gedenkzentrums am Berliner Heckerdamm und der katholischen und evangelischen Seelsorge an der JVA Plötzensee gelesen wurden, teils von den Autoren selbst.

Retrospektive

Als Häftling fällt es mir schwer, über die Anhänger des Stauffenberg-Attentats, von denen einige hier in Plötzensee inhaftiert waren, zu schreiben. Vor allem, wenn es um die Frage geht, welche Verbindungen zwischen ihnen und uns bestehen. Die Wahrheit ist, außer dem Ort und den Gittern vor den Fenstern gibt es so gut wie keine Gemeinsamkeiten, es erschiene anmaßend, sich mit ihnen zu vergleichen. Verglichen mit damals schwelgen die Insassen von heute im Luxus und verlassen nach recht kurzer Zeit wieder das Gefängnis, ohne sich bewusst gemacht zu haben, wer einmal diese Einrichtung mit ihnen teilte.

Wie ein altes Photo, das durch das Sonnenlicht bis zur Unkenntlichkeit verblasst, vergessen wir immer mehr die innere Kraft und den unumstößlichen Willen, den unsere Vorgänger an den Tag legten, als sie Hitler entgegentraten und schlussendlich dem Tod ins Auge sahen. Doch lassen wir uns nicht täuschen: Gedenken heißt nicht nur, zurückzuschauen, denn Stauffenberg und seine Anhänger kämpften nicht nur gegen den Nationalsozialismus – sie standen für das Ende der selbstverschuldeten Unmündigkeit und für die Demokratie. Sie wollten den Bürgern in Zeiten der Diktatur und der Unterdrückung ihre Stimme zurückgeben und Frieden schaffen, dies gilt damals wie heute. Wir leben in einer Zeit, in der die Menschen in der Türkei, in Russland oder Amerika Schutz vor der Komplexität der Globalisierung suchen, indem sie ihre Entscheidungskraft „starken Männern" schenken, die ihnen die Einfachheit vergangener Zeiten versprechen, nur damit sie die Verantwortung, die politische Entschlüsse mit sich bringen, nicht tragen müssen.

Erinnern wir uns an die Verfechter des Attentats und an ihre Ideale, werfen wir unsere bürgerliche Macht nicht weg, nur weil die Welt komplexer geworden ist und es den Anschein hat, als könne man nichts ändern.

Gedenken heißt, dass wir erkennen, wohin uns das führen kann. Es heißt zu fühlen, wie nah die Verschwörer uns dadurch kommen. Vielleicht mir als Häftling auf besondere Art und Weise.

Es ist an uns, denn sie gaben ihr Leben,

zu gedenken,

uns klar zu machen, dass ihr Ringen

für Recht und Freiheit, Individualität und Vielfältigkeit

nicht der Geschichte angehört,

sondern uns als Vorbild dient.

Es ist an uns, mit Demut zu erkennen,

dass sie uns noch heute Verantwortung und Nächstenliebe lehren,

denn sie sind unvergessen.

Tristan

7. Juni 2017- Maria Terwiel

Es ist 3:22 Uhr. Draußen ist es stockfinster und der Windzug lässt meine Haftraumtür aus hartem Stahl gegen den Türrahmen knallen. Immer und immer wieder. In meiner linken Hand halte ich eine gedrehte Zigarette, die ich rauche, in der rechten einen Stift. Ich überlege…

Ich bin Inhaftierter der Jugendstrafanstalt Berlin, auch „Plötze" oder „Plötzensee" genannt. Die Anstalt wurde von französischen Häftlingen im 19. Jahrhundert erbaut. Sie ist die älteste Anstalt in Berlin.

Eingesperrt zwischen Backsteinen und rostigen Gitterstäben. Genau wie die „Staatsfeinde" des 3. Reiches. Ja, genau, hier saßen „Staatsfeinde". Zu ihnen gehörten Widerstandskämpfer, Gesetzesverächter und Juden. So mancher konnte sich darauf einstellen, nach dem Todesurteil hier hingerichtet zu werden. So wie einst Maria Terwiel. Eine junge, zierliche Frau, geboren in Boppard. Sie war eine katholische Widerstandskämpferin gegen den Nationalsozialismus und gehörte zum Kreis der Roten Kapelle. Ihr Vater war ein hoher Verwaltungsbeamter und später Lehrer. Ihre Mutter war Jüdin. Laut den Nürnberger Gesetzen galt Maria Terwiel deshalb als „Halbjüdin" und konnte deswegen nach ihrem Studium keine Stelle im kalten Nazi-Deutschland als Referendarin bekommen. Damals lernte sie den „arischdeutschen" Helmut Himpel kennen. Sie verlobten sich, doch konnten sie später laut Gesetz nicht mehr heiraten. Die gläubige Katholikin unterstützte gemeinsam mit ihrem Verlobten versteckte Juden, indem sie ihnen Ausweise und Lebensmittelkarten verschaffte. So entstanden Kontakte zur Widerstandsgruppe Rote Kapelle um Harro Schulze-Boysen. Sie fertigte illegale Flugblätter und brachte Klebezettel gegen die nationalsozialistische Propagandaausstellung „Das Sowjetparadies" an.

Am 17. September 1942 wurde sie verhaftet. Vier Monate später, am 26. Januar 1943, wurde sie vom Reichskriegsgericht zum Tod verurteilt. Weil sie barmherzig war und Juden half? Ja, leider Gottes. Nach Ablehnung eines Gnadengesuchs durch Adolf Hitler wurde sie am 4. August 1943 hier in Plötzensee durch ein Fallbeil hingerichtet. Hier, vor knapp 74 Jahren. Schon etwas unheimlich, wenn man sich nachts vorstellt, wie Hunderte, gar Tausende hier geköpft oder erhängt wurden. Heute hätten sie wahrscheinlich eine ehrenvolle Auszeichnung bekommen statt eines Todesurteils.

Ich werfe einen Blick aus dem Fenster. Ein dichter Nebel zieht über die fünf Meter hohen Betonmauern mit den NATO-Stacheldrähten. Man könnte meinen, es seien die Geister der Hingerichteten. Ich höre ein Geräusch hinter mir. Es ist sechs Uhr morgens, der Beamte macht die Lebendkontrolle.

Maria Terwiel wäre am heutigen Tag 107 Jahre alt geworden. Meiner Meinung nach hätte keiner in Berlin-Plötzensee sterben müssen, auch nicht Maria Terwiel. Ich findes es ihr gegenüber ungerecht, „nur" vier Jahre Strafe bekommen zu haben. Ich möchte es mir gar nicht vorstellen, 75 Jahre vorher gelebt zu haben. Ich frage mich, ob ich auch hingerichtet worden wäre. Am liebsten hätte ich Maria Terwiel kennengelernt. Ich würde ihr so viele Fragen stellen. Wie sie auf die Idee kam, den Juden zu helfen, ob sie Angst hatte, als sie das Urteil bekam und so weiter. Dass sie Katholikin war, hat mir das Gefühl gegeben, dass ich eine gewisse Bindung zu ihr habe. Hätte ich das Gleiche gemacht?

Roy T.

Robert Dorsay

Mein Name ist Peter Schmidt. Ich bin Justizvollzugsbeamter im Gefängnis Berlin-Plötzensee. Meine Aufgabe ist es, zum Tod verurteilte Gefangene zu betreuen und hinzurichten. Ab und zu leite ich auch die Nachtschicht in der Anstalt, was mir, ehrlich gesagt, auch viel lieber ist.

Vor dem Krieg war ich öfter am Wochenende im Admiralspalast in Berlin-Mitte. Dort gab es einen guten Komiker, er hieß Robert Dorsay. Er traf immer meinen Geschmack von Humor. Doch als der Krieg ausbrach, war es vorbei mit dem Theater. Eines Tages wurde mir von einem Kollegen mitgeteilt, dass Dorsay in der Anstalt wäre. Ich informierte mich über ihn und machte mich auf den Weg zu seiner Zelle. Ich nahm heimlich Brot, Wurst, Käse und Kaffee für ihn mit. Als ich in seiner Zelle war, unterhielt er mich mit seinen Witzen. Fast jede Nacht war ich bei ihm, brachte ihm etwas zu essen mit und hörte mir sehr gern seine Witze an.

Am 29. Oktober 1943 erhielt ich einen Auftrag. Ich solle Robert Dorsay hinrichten. Im Urteil hieß es: Wehrkraftzersetzung. Er habe nur einen Witz über Hitler gemacht. Ich war entsetzt. Als Dorsay schon unter dem Beil lag, bat er mich, näher heran zu kommen. Er flüsterte: "Peter, willst Du einen letzten Witz hören, wegen dem ich auch hier liege?" „Ja, klar", antwortete ich ihm. „Bei Hitlers Einzug in eine Stadt hält ihm ein kleines Mädchen ein Büschel Gras entgegen. Hitler fragt: Was soll ich damit? Das Mädchen antwortet: Alle sagen, wenn der Führer ins Gras beißt, kommen bessere Zeiten." Das sagte er mir mit einem verschmitzten Grinsen im Gesicht. Ich fing an, laut zu lachen und zog schweren Herzens das Seil, das das Beil zum Fallen brachte. Er war tot.

Zwei Jahre später stellte sich heraus, dass sein Witz zu einer wahren Vorhersage wurde.

Salah D.

Hermann Josef Wehrle, Tagebucheintrag
vom 13. Dezember 1943

Es ist ein schöner Tag heute. Nachdem ich aufgestanden bin, habe ich erstmal in Ruhe einen Kaffee getrunken und erinnerte mich an die schönen alten Zeiten.

Ich erinnere mich zum Beispiel noch daran, wie wir damals nach Frankfurt gezogen sind. Dort bin ich aufgewachsen und zur Schule gegangen. Ich erinnere mich auch noch an den Tag im Jahr 1917, als ich mein Notabitur geschrieben habe. Kurze Zeit darauf wurde ich leider Gottes in den Krieg eingezogen, das war keine schöne Erfahrung. Als ich zurückkam, fing ich an, Theologie zu studieren, wobei ich das Studium 1922 abbrach. Ich fing danach an, Philosophie und Geschichte zu studieren. 1928 habe ich dann letzten Endes promoviert. Von September 1938 bis Februar 1940 arbeitete ich im Schülerheim der Köppl'schen Real- und Handelsschule als Erzieher. 1940 nahm ich mein Theologiestudium wieder auf und wurde 1942 zum Priester geweiht. Kurz darauf trat ich meine erste Stelle als Kaplan in der Pfarrei Heilig Blut in München-Bogenhausen an. Ach ja, das waren noch Zeiten.

Nach dem Kaffee und den schönen Erinnerungen machte ich mich auf den Weg in die Kirche, da ich heute im Beichtstuhl gebraucht wurde. Als ich ankam, ahnte ich nichts Böses und setzte mich auf meine Seite des Beichtstuhls. Die erste Zeit war es ruhig, bis dann nach geraumer Zeit ein Mann kam…

Er fing an, mir von einem Anschlagsplan auf Adolf Hitler zu erzählen. Ich hatte sofort ein mulmiges Gefühl dabei, aber ich sagte ihm, dass es keine Sünde sei, davon zu wissen.

Mit einem weiterhin mulmigen Gefühl ging ich nach Hause. Ich habe aber keine Befürchtungen, dass diese Beichte irgendwelche Konsequenzen für mich hat.

Es ist jetzt längst dunkel und spät. Ich werde noch etwas essen und mich dann in mein Bett legen und Schlafen.

Alexander Oe.

Hermann Josef Wehrle – Ein Mann steht ein!

Oh Mann, ist das schwer. Mir will einfach nicht in den Kopf, wie ein solcher Mann, der eigentlich nichts verbrochen hat, sondern nur nach seinem Glauben und seiner Überzeugung gehandelt hat, sterben musste.

Wir haben gerade Sommer. Einen verdammt heißen Sommer. Ich bin, wie schon so viele Menschen vor mir, Gefängnisinsasse in Plötzensee. Ich habe in meinen paar Jahren hier aber auch schon so einige Leute kommen und gehen sehen. Es ist eine Nacht wie schon so viele zuvor, aber diesmal liege ich hier auf meine Pritsche und denke über die Informationen über diesen Mann nach, die ich vor einer Weile erhalten habe. Oder ich versuche es wenigstens.

Ich bin leider nicht sehr bewandert in Geschichte und nicht sehr, oder eigentlich gar nicht, religiös. Aber lassen Sie uns trotzdem versuchen, über einen (kleinen-großen) Mann dieser Themen zu sprechen: Kaplan Dr. Hermann Josef Wehrle!

Wehrle! Warum nur musste dieser Mann sterben? Könnte es sein, dass er wegen eines feigen Versuchs eines Anderen, sich selbst zu retten, zu unrecht verurteilt wurde? Oder aufgrund der Dummheit und Ignoranz der Leute, die es nicht besser gewusst haben wollen? Was für Gedanken gingen diesem tapferen Mann wohl durch den Kopf, als er sich mit der Frage des Tyrannenmordes beschäftigte und dazu extra seine Fachbücher zu Rate zog?

Dennis K.

Elisabeth Kuznitzky – fiktiver Tagebucheintrag

Es ist der 28. November 1944.

Ich habe täglich mit meinem Verstand zu kämpfen. Es ist nicht nur der Hunger, der an meiner Seele nagt. Es ist vielmehr der schändliche Gedanke, ohne meine Selbstbelastung säße ich unter freiem Himmel und nicht in einem Raum, durch Gitterstäbe gewiss der Annahme, meiner Freiheit beraubt zu sein. Ich versuche, jeden aufkommenden Zweifel stets auszublenden, wohl wissend, dass der Tod mich aus einer begründeten Gewissenshandlung heraus ereilen wird.

Das Urteil Erichs wurde am gestrigen Abend vollstreckt.

Meine Gedanken raubten mir den Schlaf. Stets erschien mir der Henker im Traum und nahm mir meine Tochter, bevor er mich die Klinge spüren ließ. Schweißgebadet stand ich diesen Morgen auf, zum Morgenappell den gierigen Blicken der Wärter ausgesetzt. Trotz sie mir den Kontakt zu meiner Tochter untersagen, spüre ich ihr Leid, wie es nur einer liebenden Mutter vorbehalten ist.

Mein Herz erfüllt sich mit Trauer und Hass, denke ich an das Leben zurück, welches wir einst bedenkenlos führten. Es ist die Mitmenschlichkeit, die uns letztlich zum Verhängnis wurde. Wir gewährten Herrn General Fritz Lindemann ebenso Obdach, wie wir es auch bei jeder anderen Person, welche Schutz sucht, täten. Dennoch käme es einer Lüge gleich, würde ich behaupten, ich hätte keinerlei Sympathien für das gescheiterte Vorhaben vom 20. Juli empfunden.

Es geschah just an diesem Morgen. Als es mir gestattet wurde, meine tristen Wände zu verlassen, um mir die Beine während eines Hofgangs vertreten zu dürfen, schwirrte ein Schmetterling umher und setzte sich auf das Revers eines Wärters nieder. Es dauerte keine Weile und er wurde zwischen den Handflächen zermalmt.

Wer bin ich, dass es mir erlaubt wäre, zu urteilen. Aber nichts liegt mir näher als die Überzeugung, dass diese Handlung nicht daher rührte, dass er sich gestört fühlte. Nein, sie war von der Motivation getrieben, jedes erdenkliche Anzeichen von Diversität unkenntlich zu machen. Deshalb, wer es vermag an meiner statt, all seine Sinne beieinander zu halten, ist wahrlich zu mehr berufen als es mir vergönnt ist. Nunmehr scheint der Urheber meiner zahlreichen Tränen die Arroganz zu sein, welche mich dazu treibt, in einer Situation, dem sicheren Tod ins Auge blickend, einem Dasein in Freiheit nachzuschauen, in welchem blutsüchtige Männer auf barbarischen Vernichtungszügen ganze Landstriche ausrotten.

Noch bevor diese Tinte getrocknet ist, stand fest, ich werde gehen. Aber die Gedanken werden weiter bestehen. Denn keine Menschenmacht ist dazu imstande, jeden Andersdenkenden auszulöschen. Denn dazu sind wir zu verschieden.

Leon K.

Herbst – Advent – Weihnachten

Blattgold

Die Klimaanlage surrte. Tim Brook war noch immer in dem Großraumbüro und gerade dabei, die Nacht über durchzuarbeiten. Er arbeitete als Börsenmakler und hatte, auf den Rat eines Freundes hörend, das Sprichwort „Geld schläft nicht" auf den Rand seines Laptops geklebt. Der Kaffee auf seinem Schreibtisch war kalt. Er trank ihn trotzdem, zu faul, um aufzustehen und aus dem Automaten neuen zu holen. Außerdem schmeckte er sowieso nicht besonders.

Tim stützte seinen Ellenbogen auf die Tischplatte und ließ seinen Kopf darauf fallen, während er orientierungslos die Aktienkurse beobachtete. Er hatte alles auf Karriere gesetzt, schon seit der Schulzeit. Highschoolabschluss mit 17, Durchschnitt 1,0, anschließend das Studium in Yale und der Job bei Goldman-Sachs. Jetzt hatte er ein Monatseinkommen von zehntausend Dollar und konnte dabei zusehen, wie sich die Familien im Nachbarhaus den neuesten Film auf der Couch ansahen. Weiter entfernt bildete jedes kleine, erleuchtete Fenster einen kleinen Zufluchtsort, einen kleinen Ort der Hoffnung, und Tim konnte sich nicht daran hindern, sich vorzustellen, wie schön es wohl gerade dort war. Ein Lichtermeer aus Wärme, Popcornduft und Zufriedenheit. Und die Klimaanlage surrte immer noch, die Neonlampe strahlte unablässig, der Laptop zeigte immer wieder neue Zahlen, grün und rot.

Sollte das alles sein? Hatte er all die Jahre mit Studieren verbracht, nur um jetzt die Nacht vor einem Bildschirm zu verbringen? Er hatte ja noch nicht einmal Zeit, um all das viele Geld, das er verdiente, sinnvoll auszugeben? Also wofür?

Er sah auf die Uhr im Büro. Natürlich eine Drei-Dollar-Billiguhr aus Plastik und mit extrem lautem Sekundenzeiger. Es war schon nach halb vier und der Kaffee alle. Mit einem gekonnten Wurf traf der leere Pappbecher die Kante des Mülleimers und fiel auf den Büroboden. Drei Uhr Siebenunddreißig. Wieder ein Blick aus dem Fenster. Mittlerweile waren viele Lichter der Skyline erloschen, nun erhellten die Straßenlampen des Bürobezirks die Straßen mit ihrem schönen, warmen Licht. Naja, er hatte ja die Neonlampen, die schienen nur für ihn. Resigniertes Lächeln. Vor einigen Stunden rief ihn seine Freundin an. Tim erklärte ihr, wie wichtig dieser Job für ihn war und dass er während der folgenden Ferien alles wiedergutmachen werde. Zwanzig Minuten später hatte sie mit ihm Schluss gemacht. Tim war jetzt schon so müde, dass er die Trennung gar nicht richtig realisierte. Er würde das später schon wieder hinbiegen, dachte er, dann schlief er auf der Tastatur seines Laptops ein.

Erst die ersten Sonnenstrahlen weckten ihn auf. Ächzend richtete er sich auf, klappte seinen Laptop zu und verließ das geruchsneutrale, von der Außenwelt abgeschottete Büro. In ein paar Stunden begann der neue Arbeitstag.

Auf der Straße trat ihm ein kalter Luftzug entgegen, der ihn frösteln ließ. Er schaute sich um. Es wurde Herbst, und das natürliche Licht belebte ihn. Also ging er, anders als sonst, spazieren. Im Central Park kaufte er sich eine Flasche Wasser und einen Hotdog, dann setzte er sich auf eine leere Parkbank. Um diese Uhrzeit war der Park noch unbelebt, nur der Wind und das Rauschen der Blätter störten die Ruhe. Von weiter Ferne war noch der Autolärm zu vernehmen, doch Tim Brook konnte nur noch an die steigenden und fallenden Kurven der Goldanleihen denken. Von der Müdigkeit übermannt, legte er sich auf die Parkbank. Die blasse Herbstsonne schien ihm ins Gesicht und ließ ihn die Augen zusammenkneifen, als vertrocknete Blätter, von einem Windstoß aufgescheucht, über Tim hinwegflogen. Eines davon landete auf seinem Mantel. Er nahm es in die Hand und hielt es in die Sonne. Ein wundervoller Anblick. Das feine, dunkelbraune Muster, das sich wie ein Skelett durch das Blatt zog, der goldene Zwischenraum, das alles faszinierte ihn plötzlich. Dann nahm er das Blatt wieder in seine Hand und formte sie zur Faust. Mit dem nächsten Windstoß ließ er hunderte kleiner goldener Funken frei. Tim schlief noch mit dem Gedanken ein, dass er seinen Job würde kündigen müssen. An diesem Tag würde er sicherlich nicht arbeiten gehen.

Tristan

Das letzte grüne Blatt

Ein alter Mann, der mutterseelenallein auf einer Parkbank sitzt, während um ihn herum noch das Leben pulsiert. Der Park füllt sich immer mehr und mehr mit allerlei Leben, Familien, Schulkinder, Hundebesitzer usw. Auf einmal entdeckt er einen Baum unter all den anderen Bäumen, dessen Krone schon fast vollständig kunterbunt in allen Farben des Herbstes zu leuchten scheint. Er betrachtet ihn genauer und stellt fest, dass nur noch ein Blatt grün ist. Es ist schon spät, es wird schnell dunkel und er macht sich auf den Weg nach Hause.

Am nächsten Morgen steht er noch früher auf als gewöhnlich, um sich die anderen Bäume anzuschauen. Doch nichts, kein Grün ist zu sehen und weit und breit ein Meer aus Herbstfarben. Da setzt sich der alte Mann wieder ruhig auf seinen Platz im Park und betrachtet seinen kleinen grünen Freund, das rebellische Blatt.

Als er aus dem Augenwinkel einen Mann mit seinem kleinen Sohn sieht und wie sie vor dem Baum haltmachen, denkt sich der alte Mann: „Oh, wie schön. So etwas sieht man heutzutage eher selten." Denn er kam nicht umhin mit anzuhören, dass der junge Vater seinem Sohn gerade etwas beigebracht hatte.

Urplötzlich zieht der Wind kurz auf und auf einmal ist das grüne Blatt ab vom Baum. Der alte Mann sieht es zu Boden tanzen, springt hoch und nimmt es auf. Er geht zu dem Kleinen und seinem Vater, die gerade bunte Blätter sammeln. Er gibt den beiden das Blatt und sagt: „Hier, das fehlt euch noch." Sie bedanken sich, der alte Mann lächelt nur, setzt sich wieder auf seine Bank und schließt die Augen.

Dennis K.

Einer von Vieren

Es ist wie im Film „Noch Tausend Worte". Jedesmal fallen Blätter ab, doch wir denken uns nichts dabei. Was war denn vor dieser Jahreszeit und was kommt danach? Wir zerbrechen uns nicht den Kopf darüber und wir leben weiter. Irgendwie ergibt alles einen Sinn. Plötzlich werden Herbstjacken hergestellt und wieder denken wir uns nichts dabei. Kann denn nicht eine Jacke für alle Jahreszeiten hergestellt werden? Das glaube ich eher nicht.

Die Bäume verlieren ihre Blätter und somit auch ihr Leben. Doch wir denken nur an die Jahreszeit danach, um unsere Familien zu bescheren. Keiner denkt so wirklich darüber nach, an die schönen Blätter, die bei jedem Wort

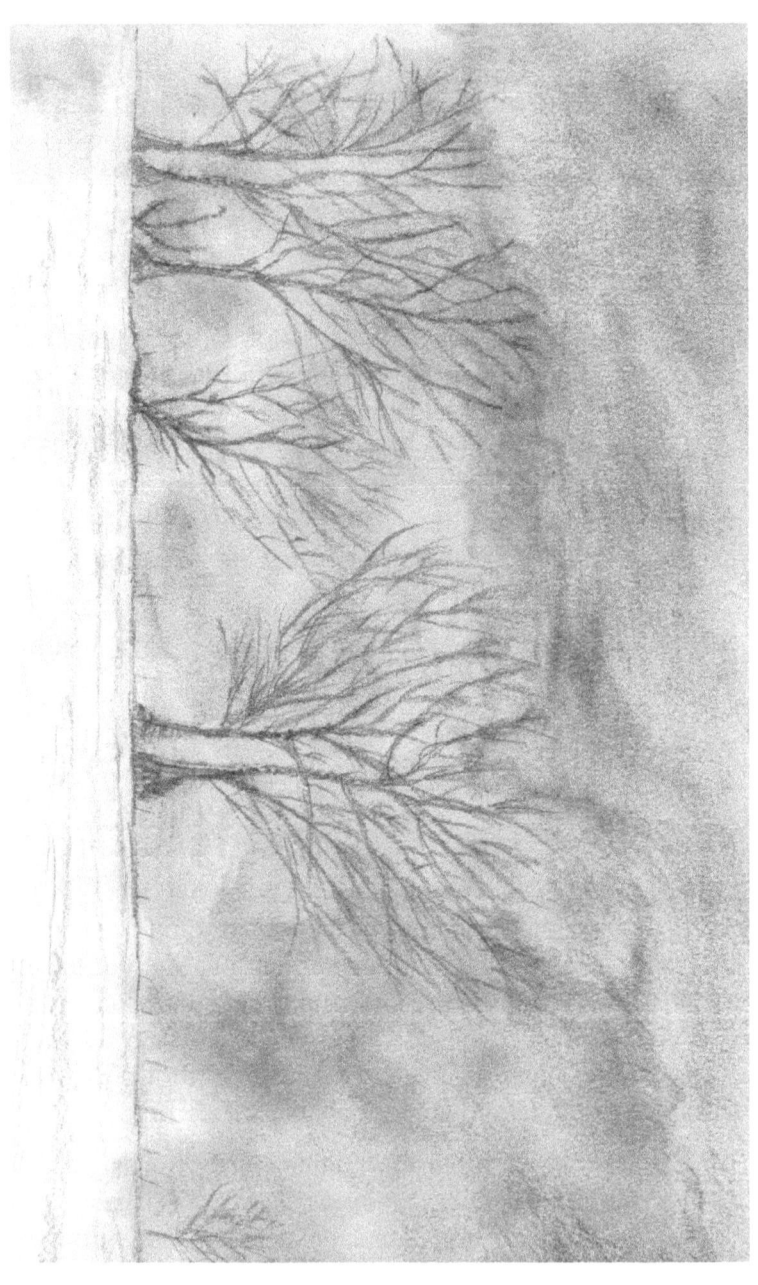

Shamil O.

eines x-beliebigen Menschen abfallen. Braun, goldrot und gelb. Sie fallen vom Himmel und bleiben liegen. So ziehe ich meine Herbstjacke an und gehe auf die Straßen. Ich kann es überall riechen: es ist der Herbst. Und plötzlich sehe ich, wie die Menschen zufrieden sind. Es ist nicht zu kalt und nicht zu warm. Die Verliebten sind nah beieinander und genießen diesen Moment. Keiner kann ihnen das wegnehmen, denn der Herbst ist nur einmal im Jahr da. Sie bewerfen sich aus Spaß mit Kastanien, denn auch das bietet er an, der Herbst.

Trotzdem bleibt er nur einer von Vieren, und der nächste steht auch schon vor der Tür. So packe ich meine Herbstjacke wieder in die Garderobe, denn leider ist es auch schon wieder vorbei. Doch nächstes Jahr ist er wieder da, der eine von den Vieren. Doch dieses Mal wird der Herbst ganz anders verlaufen.

Salah D.

Adventsidylle

Ach, ist es schon wieder so weit? Das Jahr ist aber auch wieder schnell vergangen. Die Adventsdekoration ist am ersten Advent noch nicht so ausgereift, aber es ist ja auch noch Zeit. Montag, Dienstag kommt dann der Rest. Vier Kerzen auf dem traditionellen Adventsständer aus dem Erzgebirge müssen aber sein. Natürlich brennt nur eine davon. „Wir sagen Euch an den lieben Advent". Früher haben wir das mit den Kindern immer vor dem Essen gesungen. Und bei „Freut Euch Ihr Christen" wurde geklatscht. Zuletzt löste die Erinnerung daran peinlich berührte Blicke aus. Aber diesmal klatschen wieder alle mit. Und grinsen über die Albernheit. Erster Advent. So ganz in Stimmung bin ich noch nicht, aber das kann ja noch kommen. Im Moment ist einfach noch zu viel los.

Advent. Mann, Advent!!! Nicht Weihnachten! Aber an die Weihnachtslieder und die Santa Clause-Filme im Fernsehen hat man sich über die Jahre gewöhnt. Wenigstens spielen unsere Stammradiosender nicht andauernd „Last Christmas". Die Räuchermännchen haben es ins Wohnzimmer geschafft. Kerzenlicht und Räucherkerzen. Das muß sein. Auf der Terrasse und vor der Haustür stehen Sträuße mit Strohsternen. Der Wind schmeißt sie immer wieder um. Der ist wohl auch noch nicht in Adventsstimmung. Außerdem ist es zu warm für die Jahreszeit. Aber gut, Weihnachtsmarkt muß sein. Einmal reicht mir allerdings vollkommen. Glühwein mag ich nicht und der Rest ist langweilig. „Stille Nacht, Heilige Nacht" aus jeder Bratwurstbude. Die Gedanken wandern immer wieder woanders hin. Es ist noch so viel zu erledigen. Aber bis Weihnachten ist ja auch noch Zeit.

Was, schon Nikolaus? Gut, daß ich nicht die Stiefel füllen muß. Aber irgendwie soll es schon ein Programm geben, das zum Tag paßt. Der Kalender füllt sich immer mehr. Ich muß aufpassen, daß ich alles noch hinbekomme. Aber das wird schon, es ist ja noch Zeit. Zuhause muß nicht mehr aufgerüstet werden. Jedenfalls nicht vor dem Heiligen Abend. Ein paar Barbarazweige stehen in der Vase. Ohne die Sauerkirsche im Garten wäre das nichts geworden. So konnten sie noch schnell am Morgen geschnitten werden. Und nun brennt schon die zweite Kerze. Langsam will das Weihnachtsprogramm geplant werden, Adventsfeiern vorbereitet und durchgezogen. Der Süßkram darf nicht zu spät besorgt werden. In der letzten Woche vor Weihnachten laden die Geschäfte bestimmt nicht mehr nach. Und wer bäckt Plätzchen? Wann muß die Weihnachtspost raus? Dienstlich natürlich. Privat habe ich seit vielen Jahren nicht mehr geschrieben. So viel Zeit ist dann doch nicht übrig. Und irgendwie sind Weihnachtskarten auch unpersönlich, oder?

„Nun tragt Eurer Güte hellen Schein weit in die dunkle Welt hinein". Klar, die dritte Kerze brennt schon. Langsam wird es eng. Und die Termine und Aufgaben schieben sich immer mehr zusammen. Postlaufzeiten, Einkäufe, Vorbereitungen auf dies und jenes. Druck im Kopf fehlt jetzt gerade noch. Kein richtiger Schmerz, aber doch lästig. Hellen Schein in die Welt tragen! Eine schöne Idee, aber wann mache ich denn das jetzt noch? Ist für Weihnachten geklärt, wie die verschiedenen Termine eingeschachtelt werden? Gottesdienste, Familienbesuche hier und dort, sind die Geschenke eigentlich klar? Der Kalender wird langsam zum Folterinstrument. Und da stehen so viele Dinge noch gar nicht drin. Das sollte doch vor Jahresende alles noch werden. Und dann die Fahrerei durch die Stadt. Von der Weihnachtsdekoration habe ich nicht viel. Jedenfalls nicht, wenn der vor mir weiter auf seinem Telefon herumtippt. Da! Fast wäre ich hinten draufgefahren. Mannmann, gerade noch ausgewichen. Was? Warum hupt der denn? Ach so, ich bin ihm in die Bahn geraten. Hab Dich nicht so, ich habe es auch eilig. Dinge abholen, Dinge abliefern, Anruf, Rückruf, und wieder nur der Anrufbeantworter. Endlich! Nein, bis 12 schaffe ich es nicht. Ja, gut, Mittag fällt mal wieder aus. Ich bin sowieso zu schwer. Und zum Glück gibt es Lebkuchen.

Bald wird die vierte Kerze brennen. „Gott selber wird kommen, er zögert nicht." Der Advent wird wieder einmal zu kurz gewesen sein, um ihn genießen zu können. Man müßte sich mal mehr Zeit nehmen. Aber es ist einfach immer so viel zu tun. So ein Streß zum Jahresende. Und dieses Kribbeln im kleinen Finger ist auch irgendwie lästig. Muß ich mir Sorgen machen? So, los jetzt. Weiter, die Zeit läuft. Nebenbei müßte ich Ausschau halten, wo ich in diesem Jahr den Christbaum kaufen kann. Lieber schon am 23. An Heiligabend gibt es keine guten Bäume mehr. Was ist denn jetzt mit meinem Arm los? Der tut die ganze Zeit schon weh. Und jetzt sticht es in der... Ich muß jetzt doch ganz schnell... Mann, ist mir schlecht. Ich... Oh, Mist. Habe ich am ersten Advent wirklich gelesen „Komm Herr Jesus, Maranatha"?

Rin

Adventsgeschichte

Es war kalt. Ich zog mir die Jacke an und ging raus aus der Wohnung. Jede Treppe, die ich hinunterlief, fühlte sich an wie eine tickende Zeitbombe. Mein Kopf sagte, dass ich lieber umkehren soll, mein Herz jedoch flüsterte, dass ich nicht in die graue Wohnung zurückgehen soll.

Als ich die Klinke der Ausgangstür leicht berührte, wurde sie mir aus der Hand gerissen. Wie durch eine gewaltige Explosion flog die Tür auf und knallte an die Wand. Nachdem der erste Schreck verflogen war, sah ich hinaus. Ein ganz anderes Bild, als ich gewohnt bin, war dort zu sehen.

Wenn ich sonst die Tür aufmache, sehe ich dicht am Haus einen blühenden Garten, die kleine Zufahrt von der Hauptstraße, die die Bewohner zum Eingang führt, dahinter ein anderes Wohnhaus, das wie ein Zwilling meinem Wohnhaus groß und mächtig parallel gegenübersteht.

Jetzt sehe ich eine weiße Wand aus dicht fallenden Schneeflocken, vom stürmischen Wind wie kleine Raketen in alle Richtungen getrieben, ohne zu wissen, wo sie herunterfallen. Manche fallen gar nicht herunter, denn der Wind weht sie erbarmungslos nach oben und lässt sie über die Stadt wirbeln. Und ich frage mich, ob die

Schneeflocken, die so schnell in der Luft rasen, die Menschen und die Gebäude um sie herum wahrnehmen können. Sicher nicht, denn einerseits sehe ich nicht einmal das Wohnhaus gegenüber. Selbst die Zufahrt ist nur undeutlich zu erkennen. Und andererseits greift der eisige Wind meine warmen Wangen an, ohne mich vorzuwarnen! Das geht gar nicht. Meine Augenlider zucken zusammen, so dass nur noch ein kleiner Spalt offen bleibt, durch den ich kaum noch sehen kann.

Ich mache die Tür zu und stehe mitten in diesem Schneesturm. Dann kämpfe ich mich wie eine zerbrechliche Marionette den Fußweg der Straße entlang, bis ich den Laden erreicht habe. In der Viertelstunde, die ich unterwegs war, habe ich gar nicht wahrgenommen, wie kalt es draußen ist. Und nun bin ich im Supermarkt. Bis auf den nassen Boden gibt es kein Anzeichen dafür, dass man sich draußen wie in einer Schneekugel vorkommt. Hier ist es hell und vertraut. Das Einzige, was sich hin und her bewegt, ist das Menschengedrängel, das sich von Stand zu Stand schiebt. Ich schwimme in der Menge mit, auf mein Ziel zu.

Zuhause habe ich heute Früh die erste Tür am Adventskalender geöffnet. Ansonsten ist es dort düster und die ungemütliche Stimmung engt mich ein. Ich will Kerzen kaufen.

Nur wenig später merkte ich, dass ich schon die Treppen hoch ging und zuhause war. Ich setzte mich auf die Couch und zündete eine Kerze an. In das Dunkel kam plötzlich Licht. Die kleine Flamme flackerte scheu und wand sich wie eine Tänzerin. Ich fühlte, wie mich das Flackern hypnotisierte. Mir kam in den Sinn, dass ich dieses Jahr an Allerheiligen nicht an den Gräbern meiner Verwandten war. Sonst habe ich immer für jeden eine Kerze angezündet. Und doch waren sie mir an diesem

Winterabend sehr präsent und nah, so, als hätten sie die ganze Zeit an mich gedacht. Dann fielen mir Menschen ein, die noch am Leben sind, die wie das Feuer dieser Kerze funkeln, die viel öfter an mich denken als ich an sie.

Ich kam zu mir und sah, dass die Kerze schon heruntergebrannt war. Nur ein kleiner Dochtrest brannte noch. Das Licht war schwach und kurz vor dem Verlöschen. Ich sah mich selbst, als wäre ich total leer und schwach wie das Licht dieser Kerze.

Aber ich will den Funken in mir entdecken und ich finde ihn. Es ist nie zu spät zu lieben und zu leben. Die Adventszeit ist wahrscheinlich wie ein Countdown, um die Menschen zurückzugewinnen, mit ihnen die wahren Werte zu entdecken und zu teilen.

Am nächsten Morgen ging ich hinaus und sah wieder die Straße, den Garten und das Wohnhaus gegenüber. Ohne Schneesturm, ohne Krach. Nur bedeckt von einer dicken Schneeschicht. Alles war an seinem Platz.

Jokubas S.

Werbung

Advent! Der alljährliche Ausnahmezustand wurde wieder ausgerufen. Die Zeit der Ruhe und des Friedens wird zum Chaos für jung und alt.

Sie wollen an diesem Spiel nicht teilnehmen oder haben mal wieder nicht genug Geschenke für alle, die sie kennen? Dann werden sie ein Jahr ohne Freunde und Familie auskommen müssen, da sie ab jetzt alle ignorieren. Sie bekommen ja nächstes Jahr wieder eine Gelegenheit.

Freuen sie sich nun auf vielschichtige Zwangsangebote von „Advent!" Im Stau stehen, auf das Lenkrad einschlagen und im Kaufhaus beim Geschenkekauf ihr Kind verlieren, sind nur der Anfang. Um das Spiel zu gewinnen, müssen sie zusätzlich noch einen überteuerten Weihnachtsbaum kaufen, Kuchen und Plätzchen backen und arbeiten gehen.

Sie sind gestresst und können nicht mehr? Zur Erholung hören sie tagelang monotone und eingängige Weihnachtsmusik, wahlweise im Kaufhaus oder im Radio. Für die schweren Fälle gibt es die auch auf CD.

Das Finale ist am 24. Dezember. Die, die noch ihren Weihnachtsbaum schmücken müssen oder noch Kuchen backen, sind verloren. Die Nerven zerreißen und das Stresslevel erreicht seinen Höhepunkt. Doch wer alles richtig gemacht hat und noch die Kraft aufbringt, Spaß an Weihnachten zu heucheln, hat gewonnen.

Tristan

Für mich ist der Advent nun leider eine Zeit, der ich nicht viel Bedeutung zumesse. Doch weckt diese Vorweihnachtszeit oft gemischte Gefühle in mir. So lässt ein schönes Lied oder ein guter Beitrag wie auch immer ein wenig Nostalgie in mir aufströmen. Wobei es mich aber auch verzweifeln lässt, wenn ich in der Werbung oder auf meiner Station das Gerede von Konsumgütern mitbekomme.

Dennis K.

Weihnachten ohne Familie

Mit dem Dezembermonat verbinde ich das Zusammensein der Familie in Geborgenheit und Liebe. Wir gehören zu dem Teil der Gesellschaft, welcher das Fest, Weihnachten, nicht aus religiösen, sondern aus traditionellen Gründen feiert. Bei gutem Essen, ausgelassener Stimmung und Geschenken genießt man einander und erfreut sich mit vollen Bäuchen an den begeisterten Gesichtern der Kleinen, während sie das Papier von den Geschenken entfernen. Doch in diesem Jahr ist alles anders. Weihnachten findet weder mit der Familie in Liebe und Geborgenheit, noch bei gutem Essen statt. Die Mauern mit Stacheldraht, welche mein derzeitiges Zuhause umgeben, verwehren mir das vertraute Beisammensein. Es ist, als würde das Fest aufgrund der Isolation entfallen und die feierliche Atmosphäre sowie fröhliche Gefühle bleiben mir fern. Die Gitter vor meinem Fenster gewähren ihnen keinen Einlass. Doch der Gedanke an das nächste Fest, welches ich mit großer Wahrscheinlichkeit wie gewohnt verbringen werde, gibt mir die Kraft, diese Zeit zu überstehen. Viel gravierender jedoch ist, dass meine Familie aufgrund meiner Abwesenheit Weihnachten nicht in dem Maße genießen kann, wie sie es eigentlich verdient.

Merlin S.

Weihnachtsstimmung

(zur Melodie: Morgen Kinder wird's was geben)

Weihnachtsstimmung, sehet doch die Lichter
Flammen, die der Krieg erschuf
Wundervoll, die Lieder alter Dichter
schwer Verletzter Hilferuf

Tatsache ist, dass man nicht sieht,
was um einen herum geschieht.

Leckereien duften heute wieder
abstoßend nach Tränen und Tod.
Kleine Kinder, jagend nach Geschenken
betteln erfolglos um ein Brot.

Wie schön, dass man nie erfährt,
wenn mal wieder ein Kind verhungert.

Während alle so gemütlich feiern
arbeiten Sklaven durch die Nacht.
Kinder freuen sich über Geschenke
die von Kinderhand gemacht.

Was uns niemals kann passieren
wird uns wohl auch nicht interessieren.

Tristan

Jailbirds reloaded

Im Frühjahr 2014 erschien unter dem Titel „Jailbirds Blicke zum Himmel über dem Knast" im Rombach Verlag Freiburg (ISBN 978-3-7930-9765-5) ein Buch mit Texten aus der Jugendstrafanstalt Berlin. Durchgehend waren Vogelbeobachtungen Ausgangspunkt für Gedanken zur Haftsituation. Der Titel nahm wortspielerisch das englische „Jailbird" als umgangssprachliche Bezeichnung für Gefangene, im Deutschen etwa mit Knastbrüder oder Galgenvögel wiederzugeben, auf. Neben Texten des Herausgebers enthielt der Band auch Texte Gefangener. Der thematische Ansatz – aus der Beobachtung tatsächlicher Vögel Gedanken über das Leben im Knast zu formulieren – wurde im Rahmen des Schreibprojekts mit neuen Autoren erneut aufgegriffen.

Geduld

Das Licht schwindet, die Luft erkaltet und die einst so verheißungsvolle Vision der Zukunft verschwindet mehr und mehr in der traurigen Realität des Alltags.

Die tänzerisch anmutende, summende, fröhlich klingende Melodie der Freiheit, die Stimmen der Freude, Gelächter, Straßenlärm und der Klang einer einsamen Geige aus einem offenen Fenster der Universität der Künste verstummen hinter dem brutalen Klang der Schlüssel, dem Knallen der Türen und der dröhnenden Stille.

Man öffnet das Fenster einen Spalt weit und erkennt, dass die Freiheit nicht von Mauern ausgeschlossen werden kann. Wie Wasser durchdringt sie die kleinsten Risse des Betons, wie Regen fällt sie von dem freien Himmel, wie frische Luft in den Lungen kann man sie spüren. Ein zierlicher Vogel hat sich auf einem Ast niedergelassen, und, dort so stolz und in sich ruhend sitzend, singt er von der freien Welt dort draußen, geduldig mit dem Inhaftierten, der seine Sprache nicht versteht, wiederholt er immer wieder seine Geschichte, als hätte er die Hoffnung, dass ich sie bald verstünde.

Und ich verstehe. Ich sehe diesen kleinen Vogel und merke: Geduldig muss man sein, in sich ruhend, fleißig und schlau, dann, so weiß ich, werde ich bald dem kleinen Virtuosen folgen können, er künstlerisch fliegend, ich fröhlich tänzelnd.

Tristan

Genommene Freiheit

Meine Finger streichen sanft über weiche, reine Haut. Ihre langen, goldenen Strähnen, glänzend wie das sich im Morgentau spiegelnde Sonnenlicht, gleiten über mein Gesicht. Zärtlich beginnt sie, meinen Bauch mit ihren feuchten Lippen zu berühren. Blaue Augen, in denen sich die schönsten Farben des Meeres vereinen, durchdringen die meinen und es scheint, als würde sie eins mit mir. Ihre Brüste schmiegen sich an meine Haut, während unsere Lippen liebevoll miteinander spielen. Die Leidenschaft fließt durch meine Adern in jeden Teil meines Körpers. Sanft gleiten ihre zarten Finger zwischen meine Beine, als ein Zwitschern plötzlich ihre Bewegung verlangsamt.

Der Klang verdeutlicht sich, als ihr wunderschöner Anblick vor meinen Augen verschwimmt. Die Romantik, die uns soeben noch umgab, verfliegt wie das Blatt im Wind. Nach und nach kehrt mein Geist ins Bewusstsein zurück. Nur schwer öffnen sich die Lider vor Müdigkeit. Erst die Musik der Vögel lässt mich meine Verwirrung begreifen. Verschiedenste Töne, welche mit den schönsten Farben malen, umgeben mich. Mal nah, mal fern, mal hoch, mal tief, mal kurz, mal lang ergeben die Klänge und das Rascheln der Bäume ein Naturorchester, welches mich an Freiheit und Glückseligkeit erinnert. Die Musik verstummt, als ich zum Fenster blicke. Schwaches Morgenlicht lässt die Gitterstäbe Schatten auf meine Gardinen werfen. Ich will schlafen, will vergessen, will lieben, will einfach zurück zu ihr.

Die Natur hat mir die Freiheit genommen.

Merlin S.

Augen – Ohren – Flügel

Vögel haben zwei Augen und beobachten Mutter Natur, doch „prisoners" sehen nur Gitterstäbe und Hass pur.

Sie flattern durch die Luft und beneiden uns kein bisschen,
sie fressen die Reste unserer Nahrung und lassen den Ratten nichts übrig,
sie patrouillieren die Mauer entlang und sind gierig.

Vögel haben zwei Ohren und hören Beleidigungen der Gangster,
doch „prisoners" hören nur das schöne Zwitschern am Fenster.

Auch wenn Vögel und „prisoners" vieles gemeinsam haben, gibt es immer noch einen Unterschied:

Sie haben zwei Flügel und somit die Freiheit,
wir nicht.

Roy T.

Shamil O.

Kindergarten

Der Fußballrasen wird intensiv bearbeitet. Auf dem ganzen Feld verteilt picken Stare in demonstrativer Geschäftigkeit in den Boden. Hinter jedem Vogel trippelt ein anderer her, manchmal auch zwei. Noch vor wenigen Tagen saßen sie in den Nisthöhlen und wurden von den Altvögeln ausgiebig gefüttert. Jetzt sind sie ausgeflogen, sind schon groß. Die kurzen Flüge über das Feld, wenn der Altvogel den Platz gewechselt hat, zeigen eine erstaunliche Reife in der Kunst des Fliegens. Lediglich das noch stumpfe, dunkelbraune Gefieder unterscheidet sie von den stählern glänzenden Eltern. Diese scheinen den Nachwuchs überhaupt nicht zu beachten. Mit geradezu übertriebener Intensität bearbeiten sie den Boden. Es wirkt nicht so, als wäre der Hunger ihr Antrieb. Auch scheinen sie nicht besonders zielgerichtet vorzugehen, denn nur hin und wieder schlingen sie etwas gefundene Nahrung hinunter.

Nun ja, den Jungen könnte der Spleen der Alten egal sein. Sie machen bei dieser Pickerei auch nicht mit. Sie sind ja auch schon groß. Seltsam nur, daß sie den Altvögeln nicht von der Seite weichen, bei jedem Schritt der sie ignorierenden Eltern sofort hinterhertrippeln. Fordernd sperren sie den Schnabel auf, meistens ohne Erfolg. Die Eltern tun so, als hätte es nie einen Jungvogel gegeben. Nur ab und zu erbarmt sich ein Elternteil und stopft dem Jungen etwas in den Schnabel, aber nur, um sofort geschäftig weiterzupicken. Irgendwie verstehen die ach so Großen die Situation wohl noch nicht. Hotel Mama hat ausgedient. Die Leitung ist gekappt. Vollversorgung gibt es nicht mehr. Fliegen können reicht scheinbar nicht, um im Leben klarzukommen. Dabei waren sie doch gerade noch so stolz, fast alles zu können, was man im Leben so

braucht. Vielleicht findet der eine oder andere pubertie-
rende Star die Vorgängergeneration auch pädagogisch
vollkommen unbedarft. Vielleicht flammt der Zorn ob der
Ungerechtigkeit der Alten auf. Was denken die sich. Die
haben schließlich eine Verantwortung.

Wann wohl die ersten der Jungen ihre ersten eigenen
Versuche unternehmen, sich zu versorgen? Wann werden
sie einsehen, daß Anstrengung zum Leben gehört, Mühsal
und auch die Tatsache, daß man sich manchmal die Hände, oder in diesem Fall den Schnabel schmutzig machen
muß, um etwas zu erreichen. Es gibt sicher attraktivere
Vorstellungen von einem Leben in Saus und Braus, wo
man nur zugreifen, zuschnappen muß und ohne Anstrengung aus dem Vollen schöpfen kann. Auf ehrliche Weise
wird das allerdings kaum möglich sein. Also heißt es, den
Schnabel in den Dreck zu stecken und Wurm um Wurm,
Ameise um Ameise einzusammeln, für sich selbst und für
die, für die man Verantwortung hat. Und tatsächlich beginnen die ersten Jungvögel, es den Alten nachzumachen.
Sie picken in den Rasen, immer noch ein wenig unbeholfen und zunächst mit wenig Erfolg. Aber das wird sich
ändern. Immerhin haben auch die Altvögel einmal auf die
gleiche Weise angefangen.

Rin

Alles voller Vögel

Alles voller Vögel, wo man nur hinschaut. Mit dem
Blick aus dem vergitterten Fenster sieht man automatisch
Spatzen, Rotkehlchen, Bussarde, Krähen und sogar Mö-
wen. Dann, beim Aufschluss, gibt es Insassen, die nichts
teilen, Geier. Es gibt solche, die singen, beim Gottesdienst

Shamil O.

oder bei Justizvollzugsbeamten und solche, die bei anderen Insassen leise zwitschern, lästern.

Da ist man doch froh, wenn man nachts auch mal eine Ratte vorüberrennen sieht. Wenn man es aber genau nimmt, gibt es hier auch ziemlich viele davon.

Tristan

Reimsuche

Die schlaue Elster klaut's,
die Kette dem dummen Klaus,
sie fliegt zurück und baut's,
neuer Diebe neues Haus.

Tristan

Das Gesetz des Stärkeren

Die Maus! Immer und überall im ständigen Kampf ums Überleben. Manchmal ein echter Meister des Glücks, wenn man so will. Aber leider nicht in dieser Geschichte. Meine Damen und Herren, wenn sich unter Ihnen kleine Kinder oder Fans von Nagetieren befinden, sollten Sie wohl lieber nicht mehr weiterlesen.

Sonntag. Kurz nach der Mittagszeit. Diese Langeweile ist so furchtbar öde. Ich liege im Bett und starre die wohl nicht mehr ganz so weiße Decke meiner Zelle an. So verzweifelt, wie ich damals war, hätte man meinen können, die Decke bekäme noch Löcher, wenn mein Blick weiter so bohrte. Ich wollte gerade schon aufgeben und mich der Versuchung hingeben, etwas zu schlafen, als es plötzlich an meiner Wand klopfte. Ich stand auf, ging zum Fenster und öffnete es. Dann unterhielt ich mich am Fenster mit meinem Zellennachbarn, um irgendwie die Zeit bis zum Aufschluss rumzukriegen. Da erzählte er mir diese aufregende Story, die ich mir in meinem Kopf ausmalte:

Der Mäuserich huscht von einem Platz zum nächsten, checkt die Gegend und sammelt eifrig Nahrung. Ich stellte mir vor, er wäre ein fleißiger Familienvater, der so hart für seine Familie arbeitet. Eines Tages beim Einkaufen, also bei der Nahrungssuche, schlug dann aber leider das

Schicksal zu. Als er gerade Samen und Nüsse zusammensammelte, nicht ahnend, dass er gleich das Opfer der Nahrungskette werden würde, war noch alles friedlich. In der Nähe, gut versteckt in einer Baumkrone, da lauerte er, der König von Plötzensees Tierwelt: der Mäusebussard. Dieser geflügelte Jäger und Schrecken der Kleinnager. Schönes braunes Gefieder, messerscharfe Klauen und ein alles verschlingender Schnabel. Darüber der Blick, der darüber entscheidet, ob die Beute es überhaupt wert ist, erlegt zu werden. Als er den Mäuserich zur würdigen Beute erklärt hatte, gab es kein Zurück mehr. Der majestätische Raubvogel ging in Stellung, und mit einer gezielten Abwärtsbewegung vom Baum war es für den kleinen Nager zu spät. Er schnappte die Maus und flog mit ihr davon. Mit der Beute im Schlepptau durchstreifte er die Lüfte, um für den letzten Akt die passende Schlachtbank zu finden. Die fand er in der Fensterbank meines Nachbarn. Es half dem armen Mäuserich kein Bitten und Flehen mehr. Der Mäusebussard nahm die Maus doch im Fleischesrausch auseinander.

Dennis K.

Freiheit?

Manchmal stelle ich mir die Frage, wie Tiere ihre Umwelt wahrnehmen. Zwar meist mit den gleichen Sinnesorganen wie wir Menschen, nur eben individueller ausgeprägt. Aber dennoch ist es interessant, darüber nachzudenken, inwieweit vergleichbare Denkprozesse und Gefühlsempfindungen stattfinden. Doch so weit die Forschung auch fortgeschritten sein mag, es ist nicht möglich, die Gedankengänge eines anderen Lebewesens so zu fühlen, wie es selbst es fühlt. Wozu man jedoch in der Lage ist, ist das Aufbringen von Empathie. Das setzt aber Erfahrungswerte voraus. Sollten diese nicht gegeben sein, versucht man, anhand eines Vergleichswertes die Situation nachzuempfinden, bis man eben meint, man verstehe es. Schaut man sich zum Beispiel Vögel an, kann es vorkommen, selbst den Drang zu fliegen zu verspüren. Diese Fähigkeit, welche man oft als absolute Freiheit ansieht, ist für diese Tiere (mit einigen Ausnahmen) aber lebensnotwendig. Doch ist es wirklich ein Segen, nur mit zwei Flügeln und zwei Füßen ausgestattet zu sein? Und vor allem, was ist eigentlich Freiheit? Für mich ist Freiheit die körperliche und geistige Selbstbestimmung. Die Chance, über sein Handeln selbst zu entscheiden und die Möglichkeit, eigene Maßstäbe setzen zu können, an denen man sich orientieren kann.

Leon K.

Impromptu

Der Gedanke springt umher. Wie ein kleiner weißer Tischtennisball, gefüllt mit einer Ansammlung von Worten, springt er von Schläfenwand zu Schläfenwand, immer sein tickendes Geräusch von sich gebend, wenn er von einer Schläfe zurückprallt, immer größer, immer lauter, immer heftiger.

Der ganze Kopf fängt an, den Hieben des wachsenden Gedankenballs nachzugeben, der immer mehr Worte sammelt und sie in eine sinnvolle Reihenfolge zu schütteln versucht, ganz als wolle er den ersten Satz, ja sogar die ganze Handlung des noch ungeschriebenen Textes physisch zurechtrücken. Schließlich fällt der Kopf auf den Schreibtisch, der immens gewordene Wortklumpen zerfällt auf dem noch unbeschriebenen Papier und formt eine

Pfütze von unvollendeten Ideen, Sätzen, Wortvariationen und Gedanken, sodass sich mein inneres Gesicht darin spiegelt.

Es fängt an zu regnen. Das ruhige, monotone, gleichmäßige Geräusch wird mich beruhigen, meinem Kopf eine Pause geben. Mentalrekreation bei Regen. Ich öffne das Fenster und stelle mir durch die Gitterstäbe hindurch ein Gemälde vor, das einen solchen Namen trägt. Vielleicht auch: Einzelner Häftling neben Wortklumpenpfütze.

„Ganz nett soweit", denke ich und lächle in mich hinein. Ich atme tief ein und lasse die frische Regenluft an meinen Zähnen vorbei in meine Lungen strömen. Das sanft zischelnde Geräusch beruhigt mich, erholt meine erschöpften Nerven nach dem gescheiterten Versuch, etwas zu Papier zu bringen.

Dann ein Spatz. Leichtfüßig und behände tänzelt er über den nassen Pflasterstein, ganz als wolle er sich die Füße nicht schmutzig machen. Zuerst scheinbar ziellos, macht er vor einer Pfütze halt und saugt hastig Regenwasser in sich hinein. Doch bevor er wieder losfliegt, hält er inne. Ich beobachte gespannt, wie dieser kleine Vogel die Wellen betrachtet, die sein Schnabel verursacht hat, doch dann scheint es mir, als ob er nicht von den Wellen fasziniert ist, die sich nun mehr und mehr glätten. Sein Kopf beugt sich schräg, und ich habe auf einmal den Eindruck, als würde der Spatz mit seinen kleinen, glänzenden Augen sein Spiegelbild betrachten. Für einen Moment regungslos, dann pfeilschnell fortgeflogen, verschwunden im Geäst der Bäume.

Woran ein Spatz wohl denkt, wenn er sein Spiegelbild betrachtet? Ich überlege eine Weile, doch es fällt mir nichts ein. Sich in einen Spatzen zu versetzen erscheint doch erstaunlich schwierig, deshalb frage ich mich nun, woran ein Mensch denkt, wenn er sich im Spiegel sieht.

Ein Blick zum Himmel. Die nahende Dunkelheit treibt mich zurück in meine Zelle. Das Fenster geschlossen, der Vorhang zugezogen. Verschwunden im Geäst der Zellenblöcke.

Wahrscheinlich werde ich schon morgen die Fragen vergessen haben, die ich mir heute noch stelle, doch ich weiß, wenn die Nacht regiert, dann schlafen Menschen und Spatzen gleichermaßen. Ich lache wieder in mich hinein, dieses Mal beeindruckt von der Möchtegernphilosophie meiner Gedanken. Was man dem Gefängnis nicht alles verdankt.

Tristan

Spätzlein, Spätzlein

Spätzlein, Spätzlein in der Luft, erzähl mir von der Freiheit! Die Freiheit, nach der ich mich
jeden Tag sehne…

Quitsch, quitsch, quitsch, es duftet herrlich aus den Restaurants in Kreuzberg
quitsch, quitsch, quitsch, nach indischen Curry-Speisen, türkischen Dönerläden und
arabischen Bäckereien, quitsch, quitsch, quitsch.

Spätzlein, Spätzlein in der Luft, du sag mal,
vermisst mich denn einer draußen?

Quitsch, quitsch, quitsch, nein, alle haben Spaß
und denken nicht an dich, quitsch, quitsch, quitsch.

Spätzlein, Spätzlein in der Luft, wieso fliegst du jeden Tag zu uns? Draußen ist es doch viel schöner…

Quitsch, quitsch, quitsch, weil das hier der einzige Ort ist,
wo die Menschen
weniger Rechte haben als Vögel, quitsch, quitsch, quitsch.
Das ist lustig, quitsch, quitsch, quitsch.

Spätzlein, Spätzlein in der Luft, ach wär' ich nur so wie
du…

Quitsch, quitsch, quitsch.

Roy T.

Meise

Ich sah sie dort steh'n
ein Schwarm voller Kräh'n
sie umzingelten leis'
eine armsel'ge Meis',

sie beim Essen zu stör'n
schlechtes Vorbild für Gör'n.
Sie ließen dann irgendwann ab.
Die kleine tapfere Meise hat's dann doch noch gepackt.

Dennis K.

Vogel im Stacheldraht

Es war an einem warmen Sommertag, als wir vom Sportplatz zurück ins Haus kamen. Ich kam gerade aus der Dusche und hatte meinen Aufschluss beendet. Ich legte mich in mein Bett und habe mich vom Sport ausgeruht, als ich auf einmal Vögel schreien hörte. Es war laut, denn es müssen Hunderte gewesen sein. Meine Neugier war sofort geweckt. Ich eilte ans Fenster und beobachtete die Vögel. Ich bin mir nicht ganz sicher, aber ich denke, es waren Krähen.

Ich beobachtete weiter und sah, wie sich einer der Vögel im Stacheldraht verfing und wie wild darin rumzappelte, sodass er sogar etwas von seinen Federn verlor und lauter als alle anderen Vögel schrie und krächzte. Irgendwie hatte ich Mitleid mit dem Vogel, der gefangen war, denn diese Situation kenne ich nur zu gut. Doch auf einmal, nach etwa 20 Minuten, kamen dem Vogel drei andere Vögel zu Hilfe und nach ein paar Minuten hatten sie es gemeinsam geschafft, den Vogel aus den Fängen des Stacheldrahts zu befreien. Das waren drei mutige Vögel, denn sie sahen ihren Freund in „Gefangenschaft" und eilten ihm zu Hilfe, obwohl ihnen genau das gleiche hätte passieren können.

Der Vogel war wieder frei und nach wenigen Minuten waren alle schreienden Vögel verschwunden. Alles, woran man erkennen konnte, dass die Vögel da waren, waren die Federn im Stacheldraht.

Tobias V.

Shamil O.

Gute Seele

Ein Lied des Liedermachers Reinhard Mey aus dem Jahr 2010 gab den Anstoß, in der eigenen Biographie nach Menschen zu forschen, die den Autoren Gutes getan, dafür aber nie einen Dank erhalten hatten. Im Lied „Gute Seele" vom Album „Mairegen" schreibt Mey über solche Menschen: den dicken Jungen, der ihn als Einziger annahm, als er als Kind in eine neue Schulklasse kam, das Nachbarmädchen, das ihn bei Liebeskummer tröstete oder den Polizisten, der ihn nach einem Ladendiebstahl laufen ließ. Im Schreibprojekt wurde das Lied gehört, der Text gelesen und die zweistufige Aufgabe gestellt, sich zunächst an solche als stützend im eigenen Leben erfahrene Menschen zu erinnern, um dann dem Lied neue Strophen über diese Personen hinzuzudichten. Der Refrain des Liedes lautet im Original:

Gute Seele, Schwester, Freund,

Bin ein Leben lang rumgestreunt

Mit dieser Dankesschuld in mir.

Die Gedanken gehen zu dir

Und mein Blick erinnerungswärts

Wärmt mir die Seele, wärmt mir das Herz!

Zwei Episoden aus der Kindheit des Herausgebers dienten als Beispiel. In der Folge entstanden eine Reihe berührender Dankeslieder.

Die alte Mühle am Bach hinterm Berg
war das Ferienlager von Vaters Werk.
Bei Basteln und Wandern, Limonade und Kohl
ging es uns gut, fühlten wir uns wohl.

Im Hof lagen Steine, wir hoben sie auf,
sie flogen und hüpften die Plane rauf.
Ein Wurf ging zu tief, und mit Schwung schlug der Stein
die Scheibe am Auto unter der Plane ein.

Das Herz in der Hose, die Augen vor Schreck
aufgerissen, geschockt, doch ich konnte nicht weg.
Der Lagerleiter sah meine Not.
„Ich sag's keinem, nur Mut! Ich bring das ins Lot."

Lagerleiter, Schwester, Freund,
Bin ein Leben lang rumgestreunt...

Mit 13 war das Rennrad mein Stolz.
Im Verein traf ich Freunde, ganz aus meinem Holz.
Die Erfolge waren mäßig, doch das störte kaum.
Die Truppe zog, nicht der Siegestraum.

Allein der Spitzname, den man rief,
der verletzte mich, der zog mich ins Tief.
Durch Zufall entstanden, klebte er an mir fest,
ich wurde ihn nicht los, haßte ihn wie die Pest.

Einer der Großen des Klubs kam dazu
Drehte kurzerhand Buchstaben um und im Nu
gehörte der lässigste Spitzname mir.
Jahrelang trug ich ihn, froh und dankbar dafür.

Trainingskumpel, Schwester, Freund,
Bin ein Leben lang rumgestreunt...

Rin

Wenn mein Vater mich schlug war sie für mich da.
Nahm mich dann tröstend in ihren Arm,
ganz genau wie ich sie, damals vor manchem Jahr,
als sie selbst nur ein Häufchen Elend war.

Auf dem Schulhof gemobbt kannte sie meine Not,
gab mir Hoffnung und Halt, saß mit im selben Boot.
Beste Freunde von Anfang an waren wir zwei,
machten alles gemeinsam, fühlten uns dann frei.

Eine Spritztour im Juni, der Fahrer im Rausch,
ohne Gurt, dann ein Aufprall, schleuderte sie heraus,
nicht mehr als zwölf Jahre warst du auf der Welt,
mit deinem Leben ist auch ein Teil von meinem
zerschellt.

Liebe Jessy, Schwester, Freund...

Alexander Oe.

Als ich rauskam, war ich leer.
Mein neues Leben fiel mir so schwer.
Da kam eine alte Freundin um die Ecke,
bei ihr schlief ich damals hinter der Hecke.

Sie ist Diejenige, die mich annahm,
als ich endlich wieder nach Hause kam.
Oft hat es zwischen uns gekracht,
doch so bekam ich wieder die Macht,

die Macht über mein eigenes Leben,
um mit ihr auf Wolke 7 zu schweben.
Heute betrachte ich sie als meine Frau,
die Person, der ich mein Leben anvertrau.

Gute Seele, Schwester, Freund...

Taleh B.

Der Erzieher, der es gut mit mir meinte, war streng,
ich wollt' vieles nicht glauben, sah vieles zu eng.
Er half mir im Leben aufrecht zu stehen.
Putzen und Sport als etwas Gutes zu sehen.

Seinen Hund Rocco führte ich immer aus,
doch auch sonst musste ich bei jedem Wetter raus.
Viele Reisen unternahm er mit uns in die Welt
In seinem Garten gab's Spaß auch für wenig Geld.

Doch manchmal war er mir doch zu hart
ich begehrte oft auf, war mit Streit am Start.
Vieles war meine Schuld, schließlich musste ich gehen
Was würde ich drum geben, ihn mal wiederzusehen.

Heimerzieher, Schwester, Freund...

Mein Opa hielt mich tröstend im Arm,
ich sah zu ihm auf und er sagte mir dann:
Kopf hoch, mein Junge, weine nicht mehr.
Wie mein eigentliches Zuhause war er.

Die gute Freundin, ich kenn sie so lang,
war heimlich verliebt und kam nicht an sie ran.
„Mann, ist die schön!" habe ich oft gedacht.
Meine Liebe zu dir hat mich reifer gemacht.

Als ich hier im Knast schon so manches Jahr saß
gab's einen Beamten, ganz nach meinem Maß
der immer gut zu mir war, der war echt gut drauf.
Was ich von ihm gelernt hab, baut mich heute noch auf.

Opa, Freundin, Schließerfreund...

Dennis K.

Die Gefängniszelle, so leer und kalt,
wo der Gedanke von der Wand widerhallt,
wo die Stimme in der Leere verhallt,
doch ich weiß immer, ihr gebt mir Halt.

Freunde der Klasse, die ich damals gekannt,
mit denen mich eine tiefe Freundschaft verband,
sie schickten mir Briefe, und das Tag für Tag,
so viele, dass ich sie nicht zu zählen vermag.

sie erzählten von draußen, von der schönen Welt,
was sie erlebten und was ihnen gefällt.
Sie kamen mich besuchen, zwei Jahre nun schon.
Was würde ich bloß ohne meine Freunde tun?

Gute Seele, Schwester, Freund...

Tristan

Das blonde Mädchen, was jederzeit
bei großem Kummer und kleinem Streit
meine Hand hielt als ich bei ihr war
in tiefer Trauer nahm sie mich in den Arm.

Ihre Freunde kamen, um mit ihr zu spielen,
doch lieber ist sie bei mir geblieben.
Und auch noch heut ist's die wundervolle Art,
die mir sonst niemand zu geben vermag.

Nichts war ihr lieber, als mich glücklich zu sehen,
aus diesem Grund ist sie die Frau meines Lebens.
Sie ist die Person, die nie von mir wich,
für meine Schwester schreib' ich dies Gedicht.

Gute Seele, Schwester, Freund...

Merlin S.

Versuche in Haiku und Senryū

Die wohl kürzeste Form des Gedichts weltweit stammt aus Japan und greift, als Haiku, einen Augenblick der Naturbeobachtung oder, als Senryū, ein persönliches Erlebnis oder eine Empfindung auf. In der japanischen Form werden diese Ereignisse in der Form von 5-7-5 so-genannten Moren, sprachlichen Zähleinheiten, dargestellt. Für unser Projekt haben wir uns an die der deutschen Sprache leichter zugängliche Struktur aus 5-7-5 Silben, aufgeteilt in drei Zeilen gehalten. Eine Geschichte läßt sich in dieser Kürze nicht erzählen, auch die Beschreibung eines Gegenstands ist ist auf diesem Raum nicht zu erwarten. Erstaunt haben wir aber festgestellt, daß diese Form sehr wohl geeignet ist, im Kopf des Lesers etwas anzuregen und ein ganz eigenes Bild entstehen zu lassen.

Die Anregung zur Beschäftigung mit dieser Gedicht-form verdanken wir Frau Petra Klingl, Vorstandsmitglied der Deutschen Haiku-Gesellschaft und bis zum Erschei-nen dieses Buches im Vollzugsdienst der Jugendstrafan-stalt tätig. Ihre Hinweise waren für den Zugang und das Verständnis sehr wertvoll.

Die kleine Sammlung entstandener Haiku und Senryū soll mit einem Kalauer beginnen:

Der Name täuscht

statt Rind und Knochenfisch

Nur Meer als Gras

Rin

Öffne das Fenster

Kalte Luft küsst meine Haut

Mein Blick wird unklar

Merlin S.

Der Untergrund knarrt

Unschuld liegt auf der Natur

Die Bäume weinen

Merlin S.

Die Blätter rascheln

Das Wasser plätschert am Steg

Die Welt singt ein Lied

Merlin S.

Der Halbkreis scheint rot

Wellen brechen vor dem Strand

Salz hängt in der Luft

Merlin S.

In uns liegt die Kraft

Zu lernen und vergessen

Was für eine Macht

Jokubas S.

Ich seh' zum Himmel

Und denke mir dann dabei

Wie gern wär' ich frei

Dennis K.

Für den Augenblick

Schien der Raum so endlos groß

Es war wie ein Traum

Dennis K.

Dort ein Blatt im Wind

Schau wie es seinen Weg tanzt

Der Weg ist das Ziel

Dennis K.

Ich sitze am See
Am andern Ufer dort steht
Die eine Wahrheit

Dennis K.

Es ist wie es ist
Die Lösung zeigt dir das Ziel
Ich bin dann mal weg

Dennis K.

Dein Bild dort für mich

Ist die beste Medizin

So sehr brauch' ich dich.

Dennis K.

Es fließt das Wasser

In unendlichen Zeiten

Sich selbst entgegen

Tristan

Die blaue Blume
Verwelkt auf hohen Gipfeln
Im eisigen Sturm

Tristan

Der Grashalm versucht
Dem Wind noch auszuweichen
Er will nur streicheln

Tristan

Trotziger Brocken

Umgeben von Gezeiten

Fels in der Brandung

Tristan

Trauriger Vogel

Vergangen schöne Tage

Es bleibt die Zukunft

Tristan

Was bleibt von allem
Leben, wenn alles vergeht?
Der schöne Moment

Tristan

Toter Zweig im Schnee
Noch zeigen seine Knospen
Kaum Kraft zum Leben

Rin

Regenschleiertag

Das Grau verhängt die Blicke

Ein Spatz harrt reglos

Rin

Aufstrebendes Grün

Wurzelwerk im Wasserglas

Gras wird zur Blüte

Rin

Dave, Betty, Juri

Einige der umfangreichsten Texte des Schreibprojekts entstanden nach einer Vorgabe, die sich auf eine sehr alte Vorlage bezog. Das Original aus dem 11. Kapitel des 2. Buches Samuel, die Geschichte des Königs David und der Frau des Hethiters Uria, Bathseba, wurde für die Schreibvorgabe verfremdet und vereinfacht. Der biblische Text wurde erst nach Abschluß dieses Themas und der Fertigstellung aller Texte vorgestellt. Folgender Text diente als Anregung und Aufgabenstellung:

Schreibe eine Geschichte!

Dave ist hochrangiger Leiter einer bedeutenden Institution/Firma/Organisation. Sein Chef vertraut ihm voll und ganz und läßt ihn vollkommen souverän agieren. Dave beobachtet in einem pikanten Moment Betty, die Frau eines seiner Mitarbeiter und verliebt sich in sie. Er arrangiert ein Treffen, in dessen Folge Betty schwanger wird. Bettys Mann Juri ist ebenfalls für einen Bereich des Unternehmens leitend tätig und beruflich viel unterwegs. Dave organisiert für Juri die Möglichkeit, zu seiner Frau zu kommen, damit das Kind als Juris Kind angenommen werden kann und dieser den Ehebruch nicht bemerkt. Juri verzichtet aber aus Pflichtbewußtsein auf das Treffen und bleibt bei seinen Mitarbeitern, die gerade wichtige Aufgaben zu erfüllen haben. Daves Vertuschungsplan ist damit gescheitert. Mit einem Trick sorgt er dafür, daß Juri in Ausübung seines Berufs ums Leben kommt. Er heiratet Betty, und der gemeinsame Sohn aus dem Ehebruch tritt später in Daves berufliche Fußstapfen.

Krimi, Roman oder Märchen, der Phantasie sind nur wenige Grenzen gesetzt. Laß Dich von der Einführung anregen, eine Geschichte zu schreiben.

Dave und Betty

Der Händedruck besiegelte das Geschäft. Ein Mann Mitte 50 nahm seine Aktentasche vom Tisch und verließ das Büro. Dave verschränkte seine Arme und schaute durch das Panoramafenster auf den Potsdamer Platz. Er beobachtete das Geschehen zur Mittagszeit. Trotz seiner Höhenangst genoss er den Ausblick, so wie jeden Tag. Dabei war es ihm etwas Vertrautes. Als Kind, als er gerade mal mit seinem Kopf den Balkonsims überragen konnte, hatte er die Aussicht verabscheut und gehasst. Gehasst wie seinen Vater, der seine Mutter geschlagen hatte und verabscheut wie den Alkohol, den seine Mutter gegen die Schmerzen trank. Ihm war klar, es gab nur zwei Optionen. Entweder raus aus der Platte oder sterben, ohne je versucht zu haben, etwas erreichen zu können.

Mit Anfang 20 war er ausgelernter Immobilienkaufmann, mit Anfang 30 Abteilungsleiter und nun, seit drei Jahren, war er Leiter für die Verkaufsabschlüsse. Wie nach der Evolutionstheorie von Darwin ging er davon aus, dass nicht der Mensch sich nach der Umwelt geformt hat, sondern die Umwelt den Menschen formte. Er war intelligent genug, die Ängste der Menschen nachvollziehen zu können, dass sich Alteingesessene bald ihre Wohnung nicht mehr würden leisten können, aber auch Geschäftsmann genug, um dies Angebot aufzubringen, für das eine Nachfrage bei solventen Kunden bestand. Die Firma agierte bundesweit. Ihre Hauptaufgabe bestand darin, Mehrparteienwohnhäuser, speziell aus Erbfällen, aufzukaufen und nach einiger Zeit wieder gewinnbringend zu verkaufen. Ihr Gründer, ein schlauer Bursche, erbte Anfang der 2000er ein Haus mit fünf Wohnungen. Nach rund 15 Jahren warf die Firma genug ab, damit er sich zur Ruhe setzen konnte. Dave zog seinen Mantel an und verließ das Büro. Instinktiv hielt er nach einem Taxi Ausschau, beschloss dann aber, doch lieber ein Stück zu laufen, Richtung Kanzleramt, umgeben von asiatischen Reisegruppen und Schulklassen, die genervt den Aussagen der Lehrer folgten.

Er ging ihm nicht mehr aus dem Kopf, der Moment auf der Firmenfeier, wo sie sich mit ihrem mädchenhaften Lächeln und ihrer offenen Art vorgestellt hatte. „Betty", hallte ihre Stimme in seinen Ohren nach. Aus Höflichkeit gab er ihr damals seine Visitenkarte. Aus Höflichkeit, aber auch aus Verwirrtheit. Ihr Mann Juri arbeite im Außendienst, begutachte die Immobilien, sagte sie. Erst nach einiger Zeit und auch erst, nachdem die Worte Bayern und Brille fielen, meinte er, sich an den Mann zu erinnern. Eigentlich wird alles über den Schriftverkehr geregelt, aber als es einmal um einen riesigen Deal ging, kam er in das Zentralbüro in der Hauptstadt. Dave erinnerte sich noch an die leichte Alkoholfahne, die der Mann hatte, und den schwachen osteuropäischen Akzent. Wegen der Fahne hätte er ihm am liebsten die Leviten gelesen, aber er war sich am Ende doch unsicher, ob es nicht auch ein billiges Aftershave hätte gewesen sein können.

Diese erste Begegnung mit Betty war fast ein Jahr her. Vier Monate später hatte er sie besucht, wohl wissend, dass Juri geschäftlich in München war, unter dem Vorwand, eine Prämie für die Arbeitsleistung ihres Mannes abgeben zu wollen. Würde man einen der beiden fragen, weder sie noch er hätten eine Antwort darauf, wieso sie miteinander geschlafen hatten. Vielleicht lag es an Daves Auftreten. Elfhundert Euro teure Maßanzüge zu tragen, ohne arrogant zu wirken, war sein Talent. Und sie war wahrscheinlich auf allen zwischenmenschlichen Ebenen vernachlässigt worden. Die Nachricht, sie wäre schwanger, war für beide ein Schlag ins Gesicht. Zum Glück hatte sie es früh genug bemerkt, doch Daves Plan, Juri nach Hause zu locken, damit die beiden Sex haben und es als Juris Kind aufziehen konnten, schlug fehl.

Dave war nun am Brandenburger Tor angekommen und nahm sich ein Taxi. Er fuhr zur Friedrichstraße. Obwohl die Fahrt zehn Minuten länger als nötig dauerte, gab er dem Fahrer zehn Euro Trinkgeld, bedankte sich und stieg aus. Am nächstgelegenen Kiosk kaufte er eine Tageszeitung und steuerte dann ein Café an. Abschätzig begutachtete er die diversen Kaffeevariationen von Soja Latte bis zu Angeboten, die eigentlich nichts mehr mit Kaffee zu tun hatten und womöglich nur von Hipstern gekauft würden, die sich in einer Selbstfindungsphase befanden, was nichts anderes heißt, als das Studium abgebrochen zu haben und arbeitslos zu sein.

Er entschied sich für einen normalen Milchkaffee und setzte sich in eine Ecke mit Blick auf die hochfrequentierte Hauptstraße. Er ging die Zeitung akribisch durch und fand endlich, wonach er suchte. „46-jähriger Deutschrusse nahe München tödlich verunglückt", stand klein in der Ecke auf Seite 9. Wenn es nach ihm gegangen wäre, hätte es auf der Titelseite stehen können, dann hätte er sich nicht beim Umblättern jeder Seite wie ein eiskalter Mörder gefühlt, der er letztendlich war. Sein Plan ging auf. Unter einem Vorwand hatte er Juris Fahrzeug ausgetauscht und in München zu einem fahrenden Sarg umpräpariert. In seiner Jugendzeit, kurz vor seiner Ausbildung, hatte er sich etwas Geld in einer Autowerkstatt dazuverdient. Aus Spaß hatte ihm sein alter Chef immer gezeigt, wie er die Autos unfreundlicher Kunden präparieren müsste. Dass er dieses Wissen mal bräuchte, hätte er nicht im Traum zu denken vermocht. Dave verließ das Café. Er kaufte sich, das erste Mal nach neun Jahren, eine Packung Zigaretten und rauchte eine davon. Beim Einstecken der Schachtel fühlte er etwas in seiner Manteltasche. Es war der Ring, den er seit einem Monat mit sich herumtrug. Ein schöner Verlobungsring, wie er dachte. Und vielleicht war nun der richtige Moment. Das Einzige, was Juri und Betty noch verbunden hatte, war die Zeit, die sie einander hatten. Oder eben nicht hatten. Dave fasste einen Entschluss. Er schmiss die Zigaretten in einen Papierkorb und ging zum Floristen, wo er einen Strauß in Auftrag gab. In einer Stunde könne er ihn abholen, sagte man ihm. In der Zwischenzeit reservierte er einen Tisch in einem extravaganten Restaurant und trank noch einen Kaffee. Nachdem er die Blumen abgeholt hatte, stieg er in ein Taxi und fuhr zu Betty, gedanklich bei seiner Zukunft. Und der Bettys.

Leon K.

Prinz Juri, Dave und Betty

Die Nacht hatte schon lange über den Tag gesiegt, und der Reiter war schon halb in den Schlaf gefallen, als das Pferd unter ihm zusammenbrach. Er hatte es zu Tode gehetzt. Sie waren nun schon seit Tagen unterwegs und hatten kaum etwas gegessen, noch viel getrunken. Nein, tot war es nicht, es atmete noch. Er würde es nur nicht mehr gebrauchen können. Wie weit noch? Er kniete sich neben das Pferd und betrachtete es. Wie lange würde er warten müssen, bis es wieder lief? Zu lange, denn weit und breit war kein Dorf zu erkennen, wahrscheinlich hatte er sich sogar verirrt. Ein Blick zum Horizont. Keine Zeit für eine

Pause, er wusste, dass er zu Fuß würde gehen müssen, bis ans Ziel.

Als er aufwachte, lag er bäuchlings auf dem Rücken eines Esels. Es war Tag und er war schon in der Stadt. Irgendwie musste er in Ohnmacht gefallen sein. Noch jetzt war ihm ein wenig schwindlig. Der Mann, der den Esel führte, drehte sich um, lächelte verlegen und sagte: „Du bist in Palermo, mein Junge, ich hoffe, das ist dir recht, das lag auf dem Weg." „Danke!", war alles, was er hervorbringen konnte, dann ließ er sich von dem Esel fallen und rannte so schnell er konnte zum Königspalast.

Es dauerte eine Zeit, bis er die Wachen davon überzeugen konnte, wer er war, doch schlussendlich wurde er, von etlichen Soldaten bewacht, zum Schlafzimmer des Königs geführt. Die Tür öffnete sich, und ein Schwall von verbrauchter, alter, stickiger Luft fiel ihm entgegen. Die Vorhänge waren zugezogen, sodass nur ein wenig Tageslicht und Kerzenschimmer den Raum erleuchteten. Der König lag, von Krämpfen geschüttelt und bleich auf seinem Bett, während Ärzte sich über seinen Körper beugten und verzweifelt versuchten, sein offensichtliches Leiden zu lindern. Als alle zugleich sich dem Neuankömmling zuwandten, kam eine andere Person zum Vorschein. Eine Frau mittleren Alters, die, als sie ihn bemerkte, augenblicklich an ihm vorbei den Raum verließ.

„Juri", hörte er seinen Vater sagen, „komm doch näher!" Juri bemerkte, wie die Ärzte, ihn vorhin noch skeptisch musternd, bei seinem Näherkommen nun mit einer respektvollen Verbeugung zurückwichen und ihm so einen ungeschönten Blick auf seinen Vater gaben. Seine Haut war weiß und fleckig, die Augen schal und bleich, die Haare struppig und grau. Er sah furchtbar aus.

„Es war Gift", sagte er und versuchte, zu lächeln. „Diese Ärzte hier versuchen, mich zu beruhigen, aber ich weiß, dass meine Zeit gekommen ist. Sie können mich nicht heilen, ich habe das im Gefühl." Juri sagte nichts. Was hätte er auch sagen können? Jahrelang hatte der König ihn vor allen geheim gehalten, nie durfte er sein Zimmer verlassen, und als herauskam, dass der als vorbildlich gerühmte König von Sizilien einen unehelichen Sohn hat, musste Juri auch noch das Land verlassen und sich mit einem Kindermädchen in Genua ein neues Leben aufbauen. Mit einem russischen Namen. Er war nie des Königs Sohn gewesen. Vor ihm lag eigentlich nur ein alternder Mann, der ihn seinen Sohn nannte und ihn nun hatte rufen lassen.

„Du bist mein einziger Sohn, Juri, mein einziges Kind. Es freut mich sehr, dich wohlauf zu sehen, so kräftig und gutaussehend. Du machst mich wahrhaftig stolz... Doch nun Wichtigeres: Ich habe dich in meinem Testament zu meinem Thronerben gemacht, deine Herkunft mütterlicherseits ist nun nicht mehr von Belang, hoffe ich. Um deine Position zu stützen, habe ich nächste Woche eine Hochzeit organisiert, damit du dann Herzogin Elisabeth von Parma heiraten kannst. Sie wird deine Herrschaft durch ihren guten Ruf festigen. Ihre Mutter hast du ja gerade schon kennengelernt."

Juri brachte während der gesamten Unterhaltung kein Wort heraus. Zu viele verschiedene Gedanken, Eindrücke und Gesprächsfetzen strömten ungeordnet durch seinen Kopf. Hinzu kam, dass er seit mindestens zwei Tagen nicht geschlafen hatte, der Hunger und der Durst. Zum Schluss ergriff ihn nur noch Panik. Er war noch vor Tagen ein einfacher Bürger gewesen, ohne viel Verantwortung und mit einem spröden, eintönigen Leben. Doch nun war er plötzlich Thronfolger, sein Vater rang mit dem Tod, und verlobt war er anscheinend auch schon.

Juri bekam noch mit, wie sein Vater ihm riet, bei politischen wie privaten Fragen immer auf einen gewissen David zu hören, er wisse immer, was zu tun sei.

Man führte ihn danach in seine neue Suite, ein paar aufeinanderfolgende Räume, ein Schlafzimmer, ein Umkleideraum und ein Wohnzimmer. Sie waren allesamt königlich eingerichtet und es fehlte an nichts. Juri aß noch ein wenig, bevor er völlig erschöpft in sein neues Bett fiel.

„Ich halte es für keine sehr gute Idee, Juri wieder hierher zu holen und noch dazu zum Thronfolger zu machen, mein König." „Er heißt Claudio, so hieß er schon immer. Ich gab ihm den Namen Juri nur, um ihn zu schützen, damit niemand wusste, wer er war und wie wichtig für mich."

„Das Volk wird ihn trotzdem nicht als Claudio anerkennen, sondern nur als einen vollkommen unerfahrenen Jüngling mit zweifelhafter Herkunft. Er ist nicht legitim, das wird er nie sein, egal, was auf einem Blatt Papier steht."

„Du hast recht, Dave, ich weiß ja selbst, dass er nie gelernt hat, mit einer solchen Situation umzugehen. Aber genau deshalb ließ ich dich rufen. Du musst ihm bei allen Entscheidungen, die er bald wird treffen müssen, beistehen. Versprich mir, dass du ihn zu einem guten König machen wirst. Du weißt, wie man regiert, du hast es ja in Wahrheit schon die letzten Jahre gemacht, in denen es mir nicht gut ging, nicht wahr? Dem Volk ist es gleich, von wem es regiert wird, solange es nur Brot und Spiele hat. Claudio ist legitimiert worden, das heißt, dass das Volk ihn akzeptieren wird, wenn er sich richtig verhält. Hilf ihm, Dave, das ist meine letzte Bitte."

Nach einigem Zögern sagte David: „Um Claudios Herrschaft für immer zu festigen, sollten wir ihn zuallererst in der Öffentlichkeit Juri nennen. So vermeiden wir, dass das Volk sich diesen Namen zu Eigen macht und ihn damit verspottet. Des Weiteren sollte die Hochzeitszeremonie gleichzeitig eine Krönungsfeier werden. Durch die Übergabe der Krone von König zu König baut das Volk Vertrauen zu dem Nachfolger auf. Er hätte dadurch sofort alle Sympathien auf seiner Seite." „Ist gut. Ich werde alles so veranlassen. Danke, Dave, du bist wie immer meine letzte Rettung."

Es war wohl einer der schönsten Tage, die man als Mensch auf der Erde erleben kann. Die Sonne schien, ein kühler Herbstwind erfrischte Geist und Seele und die jubelnden Bürger Palermos warfen Blumen aller Farben auf die Straße. Schon bald darauf verließ das Brautpaar die Kirche und ging in Richtung Palast. Doch auf dem Platz davor machte es Halt. Die begeisterte Menge war dem überglücklichen Paar gefolgt und wartete nun. Es war Dave, der als Stellvertreter des Königs die Krone dem Priester übergab, der daraufhin die Krönung Juris vollzog. Die Bürger waren außer sich vor Freude. Überall rief man nun: „Lang lebe der König!"

Betty, wie Juri sie nun zärtlich nannte, stand während der Krönung hinter dem neuen König und kniete mit der Menge, als der König sich zum ersten Mal mit der Krone dem Volk zeigte. Es war auch das erste Mal gewesen, dass Betty Juri genauer betrachten konnte. Sie musste sich innerlich eingestehen, dass sie Juri im Vergleich zu David, der neben ihm stand, nicht besonders anziehend fand. Alles in allem hatte ihre Familie sie für eine gute gesellschaftliche Stellung an einen unbeholfen wirkenden, schlaksigen jungen Mann verkauft, dessen Pubertät in seinem Gesicht Narben hinterlassen hatte. David wirkte hingegen mit seinem braunen Vollbart stolz und jeder Situation gewachsen. Trotzdem jubelte die Menge Juri zu. Er war der König.

Betty hatte auf ein Festmahl in kleinem Kreis bestanden. Sie hasste es, sich nach all den Strapazen des Tages noch an all die Namen der Gäste zu erinnern, die sie entweder nur einmal gesehen hatte oder gar nicht kannte. Trotzdem schien der Saal gefüllt zu sein. An dem Haupttisch ließ man einen Platz für den alten König frei, dessen Zustand sich zu stabilisieren schien. Betty saß bei ihrer Familie, Juri neben ihr und David gegenüber.

„Herr David", fragte sie, „wie schaffte es der König, einen so erfolgreichen Berater zu finden? Ich hörte, Ihr bestimmtet euer Land zur Ehefrau." „Das gibt die Wahrheit nicht ganz wieder, euer Majestät. Ich stamme ursprünglich aus der Schweiz und kam als Söldner hierher. Ich befehligte seinerzeit fünftausend Mann, die gesamte Kavallerie bei Neapel. Wir errangen den Sieg eigentlich nur durch das Verstärken der Kavallerie um die königliche Leibgarde und den König höchstselbst. Es war eine unvorstellbare Schlacht unfassbaren Ausmaßes. Wir mussten desgleichen, dem Himmel sei Dank, nie wieder erleben, noch wünsche ich es jemandem." Als er fertig gesprochen hatte, bekreuzigte er sich. Dann fuhr er fort: „Nach dem Kampf gab mir euer Schwiegervater die Gelegenheit, mich weiterhin im Dienste Siziliens zu beweisen…"

„Er rettete damals meinem Vater das Leben", warf Juri ein, „das vergaß er nie." „Und Ihr habt in all der Zeit, die ihr nun schon in Palermo verbringt, nie geheiratet?", fragte Betty. „Es schien mir, als hätte ich die Richtige noch nicht getroffen."

Zur gleichen Zeit eilte ein Bote an den Tisch. Er flüsterte Juri etwas zu und verschwand daraufhin wieder.

„David", sagte Juri, der inzwischen erheblich bleicher geworden war, „es gibt ein Problem."

Dave verließ mit Juri den Festsaal in Richtung der Regierungsräumlichkeiten. Unzählige Militärberater standen schon bereit und überdeckten den Tisch mit Karten und Truppenminiaturen. Einer der Generäle begann: „Mein König, Teile der westlichen Region haben unsere loyalen Truppen vertrieben. Teile unseres Heeres sind desertiert und unterstützen die Rebellen dabei, ein eigenes Heer aufzubauen."

„Rebellen? Wogegen rebellieren sie denn?" „Eure Majestät, sie führen als Begründung an, dass…" Der General zögerte. Er atmete noch einmal tief ein und sagte: „Sie bezweifeln Eure Legitimität."

Verzweifelt blickte Juri zu David, der die ganze Zeit über neben ihm stand, als wolle er sagen: „Was soll ich tun?" „Darf ich Euch einen Vorschlag unterbreiten, mein König?", fragte David.

„Ich bitte darum." Keine eigenen Vorschläge machen zu müssen, schien Juri enorm zu erleichtern.

„Ihr müsst in einer solchen Situation Stärke beweisen. Die Rebellen dürfen auf keinen Fall den Eindruck bekommen, als wäret Ihr eingeschüchtert. Mein König, Ihr müsst eine Streitmacht in den Westen führen und persönlich die Rebellen bekämpfen. So erkennt auch der Rest des Landes Eure Stärke und Gerissenheit."

Die Generäle nickten zustimmend, doch Juri schien zu zögern. „Wer wird regieren, während ich abwesend bin?", fragte er. „Wenn Ihr erlaubt, würde ich mich um die politischen Angelegenheiten kümmern, bis Ihr zurück seid", meinte David.

Er wusste, dass Juri keine Wahl hatte. Er selbst war bei weitem erfahrener als der neue König und hatte schon lange über die Regierungsgeschäfte gewacht. Auch wenn Juri die Stadt nicht verlassen würde, würde er doch immer auf Davids Rat hören müssen. Schließlich nickte Juri zustimmend, und mit der Zeit schien sein kindlicher Ehrgeiz zu erwachen. Er sagte: „Sie haben Recht, David, ich werde meine tapferen Soldaten von der ersten Reihe aus anführen und sie in einen glorreichen Sieg führen. Man wird Lieder über mich schreiben." „Das wird man ganz sicher, mein König. Ich empfehle eine baldige Abreise, um die Rebellion so schnell wie möglich niederzuschlagen", sagte David. „Wir könnten das veranlassen, Eure Majestät. Schon morgen früh könnten wir aufbrechen", meinte einer der Generäle daraufhin. „So soll es sein", beschloss der König mit einem naiven Lächeln. „Aufbruch morgen früh."

„David", sagte der König noch, „sag Betty, es tut mir unendlich leid, dass ich die erste Nacht nicht mit ihr verbringen konnte, dass ich jedoch so bald wie möglich wiederkehre, um bei ihr zu sein." Dann ritt er mit seiner Leibgarde Richtung Westen.

Als Juri außer Sichtweite war, ging David in den Palast zurück, um Betty die Nachricht zu übermitteln, doch als er die Tür zu ihren Gemächern öffnete, sah er nicht die gleiche Betty, die er noch bei der Hochzeit sah. Sie war nur mit einem seidenen Nachthemd bekleidet und kämmte sich ihre Haare vor einem Spiegel. Als sie David darin sah, drehte sie sich fragend zu ihm um. „Wo ist Juri?" David betrachtete ihr Gesicht. Es war von einer überwältigenden natürlichen Schönheit, die er nicht einzuordnen wusste. Es gab keine Frau, die ihr gleichen würde. Er war hin und weg.

„Er musste dringend abreisen." „Hat er noch etwas gesagt? Hat er mich etwa vergessen?"

„Meine Königin, ich… es gibt niemanden, der euch jemals vergessen könnte."

„Also hat er es. Vielleicht liebte er ja eine andere Frau vor unserer Hochzeit und liebt sie immer noch, wer weiß das schon." Sie stand auf und lief nervös in dem Raum umher. Plötzlich blieb sie stehen und sah David direkt an. „Er liebt mich nicht, oder? Wie könnte er, wenn er eine andere Frau liebt." „Liebt Ihr ihn denn?" „Natürlich nicht. Ich meine, es ist doch noch viel zu früh für Liebe, oder?" „Nicht für die Liebe auf den ersten Blick." „An die Ihr glaubt?" „Seit Neuestem, ja." „Ihr liebt also doch eine Frau! Wer ist sie?" „Meine Königin…" „Sagt es mir, ich bitte euch, David." „Sie ist meine Königin."

David fühlte sich erbärmlich. Er wusste, dass bei der Rückkehr Juris er das Land verlassen musste, mindestens die Stadt. Das war sein Ende. Doch gerade als er den Raum verlassen wollte, hielt Betty ihn zurück. „Was, wenn ich Euch sagte, dass ich ebenso fühlte?"

David wusste nicht mehr, wie es dazu kam, doch Betty und er verbrachten die ganze Nacht miteinander. Als er am frühen Morgen ihr Zimmer verließ, um nicht von dem Personal überrascht zu werden, war er sich sicher, dass er sie liebte. Die ganze Zeit über dachte er an sie. Nur an sie. Er unterschrieb, was ihm vorgelegt wurde, ohne es zu lesen, gewährte allen Bittstellern den gewünschten Betrag an Geld und fragte sich nur, wann er sie wiedersehen, wieder ihre Stimme hören konnte.

Einige Tage später wurden seine Gedanken gestört. Ein Gesandter betrat das Arbeitszimmer. „Der König lässt nach Euch rufen, mein Herr." „Juri?", fragte er. „Nein, der ehemalige König. Er verlangte nach Euch."

Plötzlich drehte sich alles um David. War es möglich, dass der König von der Nacht wusste? Natürlich, es musste ja so kommen. Eines Tages stürzen alle großen Männer durch eine Frau. Irgendwie schaffte er es, ohne vor Schwäche zu schwanken zu den Gemächern des ehemaligen Königs. Ein Arzt stand davor, er senkte den Kopf und sagte: „Es geht ihm nicht gut. Sein Zustand hat sich wieder verschlechtert. Ich fürchte, wir können nichts mehr für ihn tun. Es tut mir sehr leid.“

Nachdem David den Saal betrat, sah er, dass es mit dem alten König wohl zuende ging. Seine Atmung war schwach und langsam, seine Wangenknochen stachen förmlich aus seinem Gesicht und seine Augen waren bleich und starr. „Juri…“, sagte er. „Nein, mein Herr, ich bin es, Dave.“ „Wie geht es Juri?“, wiederholte er. „Es geht ihm gut, das Volk liebt ihn und steht hinter ihm“, log David.

Auf einmal betrat Betty den Raum. Tränenüberströmt. „Ich komme gleich wieder“, sagte David zum alten König und führte Betty aus dem Raum. „Man hat mir gesagt, wo du bist…“, sagte sie. „Betty, es wird dem König schon bald besser gehen, glaube mir.“ „Darum geht es nicht.“ Dann brach sie erneut in Tränen aus. David hörte nur noch ein von Tränen ersticktes: „Ich bin schwanger.“

David war entsetzt. Alles begann, sich um ihn zu drehen. Er musste sich mit dem Rücken an die Wand anlehnen, um nicht umzufallen. Betty stand immer noch vor ihm, das Gesicht tränenüberströmt, die Augen glasig und fragend. Der Tod war ihnen sicher, das wusste David jetzt. König Juri würde bei seiner Rückkehr herausfinden, dass er und Betty eine Affäre hatten.

„Wir müssen fliehen, es ist der einzige Weg“, begann David plötzlich, „sonst werden sie uns töten.“ „Das werden sie auch, wenn wir fliehen“, meinte Betty. Sie fiel David in die Arme. „Nicht hier“, sagte David, „was, wenn uns jemand sieht? Komm, wir gehen deine Kleider zusammenpacken, wir müssen unverzüglich gehen." Betty nickte nur kurz. Sie wirkte von den Geschehnissen sichtlich mitgenommen zu sein. Im Schlafzimmer Bettys angekommen, schloss David die Tür ab. Gerade als er im Ankleidezimmer nebenan die Kleider auszuräumen begann, klopfte es. Betty eilte zu ihm. Sie hatte sich die Tränen abgewischt, wirkte aber immer noch verstört. „Es ist ein Bote Juris, du musst dich verstecken, sofort!" Dann verschwand sie wieder, um die Tür zu öffnen.

David hörte nichts mehr, nachdem er sich in den überfüllten Kleiderschrank gezwängt hatte. Sein Herz schlug so laut gegen seinen Brustkorb, dass er tatsächlich dachte, der Bote könne es nebenan schlagen hören. Nach etwa fünf nicht enden wollenden Minuten öffnete Betty die Tür zum Kleiderschrank. „Juri ist gefallen", sagte sie, völlig apathisch. David sagte nichts. Er nahm Betty nur in den Arm, denn, so entsetzlich das klang, hatte Juris Tod ihnen das Leben gerettet, das wussten beide.

Am folgenden Tag besuchte David wieder den alten König. Die Ärzte hatten ihm noch nichts von dem Tod seines Sohnes gesagt, aus Angst, er könne einen schweren Schock erleiden, was in seinem gesundheitlichen Zustand auch tödlich enden könnte.

„Ich habe gestern mit Betty geredet, oder vielmehr sie mit mir. Sie erzählte mir, sie sei schwanger, mein König." Der König lächelte nur. Ihm schien die Kraft zum Reden zu fehlen. Man sah jedoch, dass er sich unendlich freute.

Mit der Genehmigung des Königs veranlasste David das Eintragen des ungeborenen Kindes in den Familienstammbaum der Königsfamilie, denn Eile war geboten, da der König im Sterben lag und Juri tot war. So konnte David leicht allen erklären, wieso die Anerkennung des Kindes so schnell erfolgen musste.

Bis zu seinem Tode erzählte niemand dem alten König, dass sein Sohn im Krieg gegen die Rebellen starb. Er selbst verstarb ein paar Tage nach dem Gespräch mit David ohne Schmerzen im Schlaf.

Ein paar Jahre später heirateten Betty und David und lebten lange glücklich zusammen.

Tristan

Der Flug der Motte

Die Landung in London

Ich saß in meinem schwach beleuchteten Zimmer und vor mir lagen endlose Stapel von Akten, die ich besser nie mit nach Hause genommen hätte. Auf dem Kaffeetischchen stand mein Lieblingskaffeebecher. Ein Blick in das Innere des Bechers zeigte mir nur den trockenen Kaffeesatz, wie Yellowstone-Sand. Ich goss ihn mit kochendem Wasser noch einmal auf, um ihm das restliche Koffein zu entziehen. Der Trank war nicht mit einem guten Morgenkaffee zu vergleichen. Aber ich hatte Durst. Ein Detektiv bekommt nur dann eine leckere Tasse Kaffee, wenn er etwa bei jemandem zu Gast ist, den er zu befragen hat. Ansonsten wäre das eine reine Verschwendung von Ressourcen. Außerdem verdient ein Detektiv wie ich nicht viel. Ich werde von meinen Auftraggebern wie eine Ratte behandelt, die sich durch den Fall zu beißen hat, um irgendetwas herauszufinden. Oft ist das langweilig und monoton, manchmal aber auch interessant und spannend.

Ich weiß nicht, wo ich anfangen und enden soll. All die Akten, die vor mir lagen, betrafen einen prominenten Fall, der mir anvertraut wurde, um ihn bis ins Kleinste zu durchdringen. Doch ich befürchtete, dass mich diese Her-

umwühlerei noch in den Wahnsinn treiben würde. Ich war eigentlich ein Detektiv, der unabhängig arbeitet und selten im Büro hockt, stattdessen unterwegs ist und den Fall aufklärt. Und nun hatte mich ein Polizeichef um einen Gefallen gebeten. Nicht, dass ich ihm irgendetwas schuldig gewesen wäre. Zudem sollte ich einen Auftrag übernehmen, für den er mich wahnsinnig gut bezahlen würde. Ich nahm an, obwohl mir die Sache ungewöhnlich vorkam und ich mich fragte, warum kein Polizeiermittler damit betraut wurde. Ich ahnte, dass etwas an dieser Sache stank. Egal. Ich schlug einfach den ersten Ordner auf. Mein Diktiergerät lief und ich begann zu analysieren.

Am Tag danach war es mir schon bewusst, in was für einen Fall ich geraten war. Was ich nicht wusste, war, wer tiefer in der Scheiße steckte – ich oder all die Leute, die ich befragen würde. Also machte ich mich auf den Weg nach Europa. Am späten Abend landete ich am Londoner Flughafen und fuhr mit dem Taxi in das Londoner Hotel Inn. Auf dem Platz vor dem Hotel schimmerte die Fassade eines hohen Gebäudes, das meine Aufmerksamkeit gefangen nahm. Ich blieb stehen und erblickte die Buchstaben, die prächtig auf dem Gebäude leuchteten: COCOON. Dort gehe ich morgen hin, sagte ich zu mir selbst und ging in das Hotel hinein.

Schon beim Frühstück am nächsten Morgen war ich gespannt, welche Abenteuer mich erwarten würden. Bei der besten Tasse Kaffee seit langem ahnte ich nicht, dass die Abenteuer früher beginnen würden als mir lieb war. Am Tisch neben der Bar sah ich zwei bekannte Gesichter, die ich wahrscheinlich in einem der Ordner mit den Fotos gesehen hatte. Den Mann kannte ich außerdem aus dem Fernsehen und die Frau war für ihre roten Kleider bekannt, die sie in der Öffentlichkeit trug. Ich knipste heimlich ein paar Fotos mit dem Apparat, der in meine Brieftasche eingebaut war und verließ den Raum.

Ich machte mich auf den Weg zum COCOON-Tower. Im Foyer sah es aus wie in einem Alien-Raumschiff, das alle Ausdrucksformen der Moderne aufgesaugt und in seinem Inneren aufgenommen hat. An der Rezeption wurde mir gesagt, dass ich schon erwartet würde. Ich ging in den ersten freien Fahrstuhl und schoss in der gläsernen Kabine in die Höhe. Als ich in der 22. Etage ausstieg, empfing mich eine steife Sekretärin mit eiskalter Miene. Plötzlich fühlte ich mich schlecht angezogen, aber das war bei einem Detektiv wie mir auch nicht anders zu erwarten. Ich folgte der Sekretärin durch verwinkelte Flure bis zu einer monumentalen Tür am Gangende. Die beinahe herrschaftliche Pforte öffnete sich von selbst und gab den Weg in ein großes Arbeitszimmer frei. In dem sterilen Raum begrüßte mich der Chef des COCOON-Unternehmens.

„Herzlich willkommen. Mein Name ist Dave Corda, Präsident der COCOON Corporated. Nehmen Sie Platz. Meine Assistentin bringt Ihnen gleich einen hervorragenden Kaffee." „Danke, Mister Corda", antwortete ich und fuhr ohne Unterbrechung fort: „Wie Sie bereits wissen, bin ich beauftragt, Ihnen ein paar Fragen zu stellen. Das ist ein ganz normaler Ablauf einer Untersuchung. Da ich Ihre Zeit nicht über Gebühr beanspruchen möchte, komme ich gleich zur Sache. Würden Sie mir ein paar Fragen beantworten?" Mister Corda sah gesprächsbereit aus und schien es nicht eilig zu haben. Wir sprachen allgemein über COCOON, über die zurückliegenden Jahre der Blüte des Unternehmens und dann kam ich zum Wesentlichen.

„Mister Corda, am Freitag ist der Boss der GARLON Holding gestorben. Sie als Chef einer der Tochterfirmen von GARLON haben den Mann sicher gekannt." „Ich bewundere den Mut und Geist, mit dem er die Geschäfte des Konzerns geführt hat, habe ihn aber leider nie persönlich kennengelernt. In unserem Tochterunternehmen haben wir von dem Fall kaum etwas gehört", sagte Corda. „Tja," ich atmete tief ein, „er wurde in Costa Rica für tot erklärt. Die dortige Polizei geht von einem Morddelikt aus. Ich habe aber keinen Zugang zum Obduktionsbericht. Haben Sie überhaupt keine Informationen über den Mann, Mister Corda?" „Nein, tut mir leid. Ich muss aber zugeben – das ist sehr vertraulich, Detektiv, wenn Sie mich verstehen – ich bin da auf eine schwer erklärbare Finanztransaktion aufmerksam geworden." Mister Corda stand auf und trat an das Fenster. „Die GARLON zieht uns sowieso jährlich einen großen Teil der Gewinne ab. Deswegen würde ich unser Unternehmen auch gern unabhängig von der Holding sehen. Letzten Monat wurden nun an mir vorbei 10 Milliarden von GARLON abgezogen, unangekündigt und ohne nachvollziehbaren Grund. Das ist alles, was ich in letzter Zeit von der Mutterfirma gehört habe. Heute aber werde ich bei der Gala zur jährlichen Hauptversammlung der Holding meine Pläne zur Trennung der COCOON von der GARLON bekanntgeben." „Sagten Sie Gala?" „Ja", anwortete Corda, „das alljährliche Treffen für all die Geldgierigen der Welt, die ihre eigene Wichtigkeit zelebrieren wollen. Alle Tochterfirmen der GARLON Holding und die Mutterfirma selbst sind vertreten." Ich zuckte mit den Schultern und fragte: „Aber wenn der Chef von GARLON tot ist, wer wird die Firma repräsentieren?" „Keine Ahnung. Es gehen Gerüchte um, nach denen der neue Chef bei der Gala bekanntgegeben werden soll. Ich glaube aber, dass mein Auftritt dem neuen Chef die Show stehlen wird. Hey, wie wäre es, wenn Sie vorbeikommen würden. Sie sind herzlich eingeladen." „Tut mir leid, aber ich werde noch heute Nachmittag zurückfliegen." „Aber Sie könnten dort sicher interessante Leute treffen, die Informationen zu Ihrem Fall haben könnten", sagte Mister Corda und weckte damit mein Interesse. „Na gut", erwiderte ich, „aber ich werde mich nicht viel passender anziehen können. Ich glaube, für jetzt habe ich keine weiteren Fragen an Sie, Mister Corda. Auf Wiedersehen." „Auf Wiedersehen, Detektiv. Meine Sekretärin wird Ihnen die Einladung zur Gala aushändigen."

Ich verließ den Raum und sprach die Sekretärin an. Sie gab mir die Einladung und begleitete mich zurück zum Aufzug. Bevor sich die Glastür schloss, sah ich sechs Herren aus dem anderen Aufzug aussteigen und in Richtung Cordas Büro gehen. Ich hielt die Fahrstuhltür auf und fragte die Sekretärin: „Wieso ist Mister Corda jedes Jahr bei der Gala, aber kennt den Chef der GARLON Holding nicht?" Sie blickte mich mit ihren eisigen Augen an und antwortete: „Wußten Sie nicht? Mister Garlon, der der gestorben ist, war noch nie bei der Gala anwesend."

Die Tür ging zu und ich hatte das Gefühl, dass die Sache stinkt. Damit erwachte endlich meine Neugier auf diesen Fall.

Die Frau mit dem roten Anzug

Als Dave sein Arbeitszimmer betrat lag ein Beleg über eine Überweisung von zehn Milliarden Dollar an die GARLON auf dem Schreibtisch. Er schwankte zwischen Misstrauen, Wut und Verzweiflung…

Im Laufe des Nachmittags ging er eine Etage tiefer, um in der Küche einen Kaffee zu trinken. Mitarbeiter kamen und gingen, doch er wollte sich auf kein Gespräch mit ihnen einlassen. Als er die Tasse geleert hatte, sah er eine Frau in einem roten Anzug auf dem Boden knien. Er ging auf sie zu und half ihr dabei, ein Dutzend auf dem Boden liegende Blumen aufzuheben. „Vielen Dank", sagte sie und schaute ihm in die Augen. „Sind das Ihre Blumen?" fragte er lächelnd. „Ja, das sind meine Lieblingsblumen", antwortete sie. Er half ihr beim Aufstehen und gab ihr die Blumen, die er aufgehoben hatte. „Das sind auch meine Lieblingsblumen. Es steht immer ein Dutzend davon in meinem Arbeitszimmer, jeden Tag frisch." Er blickte auf ihre schönen Hände. An den schlanken Fingern trug sie keinen Ehering. „Danke für Ihre Hilfe! Ich bin Betty." „Nett, Sie kennenzulernen. Ich heiße Dave." Sie lächelte scheu und fragte überrascht: „Sind Sie nicht der Präsident der COCOON?" „Er steht vor Ihnen", antwortete er. „Es ist mir eine Ehre, Sie kennenzulernen. Also, nochmals danke für Ihre Hilfe." Sie drehte sich um und wollte gehen, aber Dave rief: „Warten Sie, Betty! Haben Sie heute Abend etwas vor?" Sie drehte sich zu ihm um und sagte: „Heute Abend etwas vorhaben? Nein, natürlich nicht." „Schön. Denn es wäre sehr nett, wenn Sie mich heute Abend zum Abendessen begleiten würden." „Das würde ich sehr gern." Sie nickte ihm leicht zu. Sie verabredeten sich und Dave ging zurück in sein Büro.

Später am Abend amüsierten sich Dave und Betty bei der Gala auf das Beste. Es stellte sich heraus, dass beide sehr viel gemeinsam hatten. „Und, arbeiten Sie bei uns im COCOON-Tower?", fragte er. „Nein, ich wollte nur einem Ihrer Mitarbeiter beim Umzug helfen. Es lagen aber nur noch die Blumen in seinem Büro als ich ankam. Er war schon weg und all seine Sachen auch." Dave erinnerte sich tatsächlich an einen Mitarbeiter, der aus der Etage ausziehen sollte. Nach dem Abendessen verbrachten die beiden die ganze Nacht in einem edlen Hotel bei diversen Genüssen. Und es blieb nicht bei diesem einen Date. Sie trafen sich von nun an ausnahmslos an jedem Abend im gleichen Hotelzimmer. Er wusste inzwischen, dass sie verheiratet war, was ihn aber kaum störte. Zwei Wochen später jedoch teilte sie ihm mit, dass sie am nächsten Abend nicht da sein würde. Er spürte die Eifersucht auf ihren Ehemann in sich.

Als sie sich zwei Tage später wiedertrafen, sagte sie Dave, dass sie ihn liebe, aber Angst um ihren Mann habe, der so selten bei ihr wäre. „Was sollen wir tun", fragte Dave, der seine Tränen nicht zurückhalten konnte. „Ich bin schwanger von dir, Dave." Schweigend sah er ihr tief in die Augen. Dann fielen sie einander in die Arme. „Er muss das erfahren, Betty." „Nein. Er würde mich schlagen. Ich habe Angst vor ihm." Sie setzte sich auf die Couch und brach ebenfalls in Tränen aus. „Weine nicht, Liebling. Wir finden eine Lösung, das verspreche ich dir." Er setzte sich neben sie und sie sagte: „Dave, es gibt nur eine Lösung. Mein Mann muss sterben." Sie schluchzte, aber es gelang ihm, sie zu beruhigen. „Rede keinen Unsinn, Liebling. Entspann dich. Alles kommt in Ordnung, klar? Wir finden eine Lösung." Versunken blickte Dave zur Wand. Ihm war klar, dass es nur eine Lösung geben konnte.

Zwei Tage später, an einem Mittwoch, rief Dave ein paar Leute an und ließ sich einen Auftragskiller vermitteln. Man einigte sich auf 50.000 Dollar für den Tod Juris, wie Betty ihren Mann nannte. Am Samstag sollte es geschehen, an dem Tag, an dem er in London eintreffen sollte.

Am Freitag arbeitete Dave an seinen Plänen zur Trennung des Unternehmens vom Konzern, als ihn die Nachricht vom Tod des GARLON-Präsidenten erreichte. Er sah darin ein gutes Vorzeichen für die Umsetzung seiner Pläne.

Am selben Abend teilte ihm der Killer mit, er könne seinen Auftrag nicht ausführen, da Juri bereits tot sei. Jetzt begriff er es. Juri, Bettys Mann, war Juri Garlon, der Präsident der Mutterfirma. Diese Erkenntnis ließ ihn erschaudern. Seine Liebe zu Betty und die Freude, Vater zu werden, ließen jedoch kein Bedauern darüber in ihm aufkommen, dass er von dieser Verbindung nichts gewusst hatte.

An dem Tag, dessen Krönung die große Gala sein sollte, besuchte ihn ein Detektiv aus New York. Ohne bei seiner Befragung irgendeinen Verdacht geschöpft zu haben, verließ der Detektiv Daves Büro, allerdings mit einer großzügigen Einladung zur Firmengala. Als sich die repräsentative Bürotür hinter dem Detektiv schloss, schlug die Uhr gerade zwölf. Nur einen Augenblick später öffnete sie sich erneut. Sechs Herren mit Aktenkoffern traten mit undurchdringlichem Gesichtsausdruck traten ein. Die Mitglieder des Aufsichtsrats. Dave eröffnete ihnen seinen Plan zur Trennung von der GARLON Holding. Bei den

Herren traf er damit jedoch auf kompromisslose Ablehnung. Davon unbeeindruckt fragte Dave nach dem Verbleib der vor einem Monat verschwundenen 10 Milliarden. Er drohte mit seinem Ausstieg aus dem Unternehmen. Die wichtigsten Mitarbeiter würden COCOON mit ihm verlassen. Eisiges Schweigen füllte für einen Moment den Raum. Dann ergriff einer der Herren das Wort. „Ich empfehle Ihnen, bis zur Gala zu warten! Wir haben diese Angelegenheit unter Kontrolle. Halten Sie sich aus dieser Angelegenheit heraus!" Die sechs packten ihre Aktenkoffer zusammen und verließen das unverzüglich das Gebäude.

Plötzlich hatte Dave Angst um sein Leben. Er sagte alle weiteren Termine für diesen Tag ab, schickte die Sekretärin nach Hause und schloss sich bis zum Abend in seinem Büro ein. Am Abend rief er seinen Fahrer an und ließ sich allein zur Gala bringen. Von seiner Beziehung zu Betty hatte noch niemand erfahren. Noch nicht.

Der Ball

Es war soweit. Ich ging in das Restaurant, in dem die große Gala stattfinden sollte. Der Raum sah eher wie eine riesige Halle aus, in der hundert Tische mit je acht Plätzen angeordnet waren. Vorn war eine Bühne aufgebaut und am Seitengang sah ich sechs Porträts der ehemaligen Präsidenten der GARLON Holding. Es sah so aus, als ob da ein siebtes Porträt hinter einem Vorhang hing, aber das nahm ich in diesem Moment kaum wahr. Ich fand einen gemütlichen Platz am Rand des Raums und beobachtete die Menschen, die sich langsam versammelten. Nur zwei Meter von mir entfernt sah ich die Frau, die sich an diesem Abend Witwe nennen musste. Sie trug aber rotes

Kleid mehr, sondern einen strengen schwarzen Anzug und einen Hut. Sie war allein am Tisch, also ging ich näher und versuchte, sie anzusprechen.

„Mein Beileid, Misses Garlon. Ich bin ein Detektiv aus New York. Ich arbeite in der Sache, die sich um Ihren Mann dreht." Sie sah mich traurig an und blickte dann weg. „Misses Garlon, ich versuche, Ihnen zu helfen, den zu finden, der Ihren Mann ..." „Es reicht!" unterbrach sie mich plötzlich und forderte mich auf, mich von ihr fernzuhalten. Ich stand auf und flüsterte ihr ins Ohr: „Misses Garlon, ich weiß, dass Sie sich heimlich mit Mister Dave Corda treffen. Wie gesagt, ich will Ihnen nur helfen." Sie schaute mich an und begann zu zittern, aber ich drehte mich weg und ging zu meinem Platz zurück.

Die Gala war ziemlich langweilig. Auf der Bühne sprachen viele Menschen über den Tod des Präsidenten. Gleich, so wusste ich, würde auch Mister Corda eine Rede halten. Doch als einer der Redner am Ende seiner Rede alle bat, aufzustehen, verwandelte sich der Raum in einen Flüsterwald. „Ich bitte um eure Aufmerksamkeit. Bevor ich das Wort an Präsident Corda weitergebe, möchte ich etwas bekanntgeben: Mister Corda, über die letzten Jahre haben Sie eine unserer Tochterfirmen groß gemacht, haben Mut und strategisches Können bewiesen. Hiermit gebe ich Ihre Ernennung zum neuen Präsidenten der GARLON Holding bekannt." Alle Anwesenden applaudierten und ich konnte Betty Garlon ihre Freude über diese Nachricht ansehen. Dave Corda kam auf die Bühne, doch er war blass und konnte nicht lächeln. Er umarmte seinen Vorredner und ging zum Mikrofon. Noch immer applaudierten die Zuschauer, doch er stand da wie ein verlorenes Kind, mitten in einem Weizenfeld, dessen Halme es überragen.

Mich wunderte, dass er von der Ernennung nichts wusste. Noch am Vormittag hatte ich mit ihm gesprochen und er wollte die Trennung seines Unternehmens von der Mutterfirma bekanntgeben, deren Präsident er von nun an war.

Corda blieb professionell und hielt seine Rede. Mir kam ein Verdacht. Hatte er mich etwa belogen? Hatte er Garlon getötet, um dessen Platz einnehmen zu können?

Als seine Rede beendet war, wurde der Vorhang über dem siebten Porträt entfernt und ein Foto Cordas kam zum Vorschein. Der neue Präsident, Dave Corda! Ich ging auf die Frau in schwarz zu und sagte: „Ich weiß nicht, was Sie damit zu tun haben, aber er steckt in großen Schwierigkeiten!"

Das Schweigen

Dave verließ die Gala noch vor der anschließenden Party. Er war noch blasser als zuvor und ihm war klar, dass ihn die Kommission zum Präsidenten gewählt hatte, um den Geldskandal zu vertuschen. Aber was sollte er jetzt mit Betty machen? Es wurde ihm einfach alles zu viel.

Betty kam um vier Uhr in das Hotel, als Dave schon schlief. Sie weckte ihn und beide sprachen lange miteinander. Sie entschieden sich, ihre Beziehung geheimzuhalten.

Betty hielt sich von der Presse und der Öffentlichkeit fern, bis das Kind auf die Welt kam. Dave erfüllte seine Pflichten als neuer Präsident der Mutterfirma. Die Leitung des Tochterunternehmens hatte er an seinen bisherigen Vizepräsidenten übergeben.

Dave und Betty lebten weiterhin getrennt. Erst fünf Jahre später verkündeten die beiden, dass sie heiraten würden. Aber das Kind hielten sie weiterhin von der Öffentlichkeit fern. Sein Name war Sam Corda und es lebte abwechselnd bei ihr oder bei ihm. Daves Liebe zu Betty war mit den Jahren nur noch stärker geworden. Sie war froh, dass er viel Zeit mit ihr verbringen konnte. Ein Jahr später haben die beiden geheiratet und waren für die Presse nicht weiter interessant. Sie trug kein rot mehrt und er machte keine Skandale. Die Firma fuhr große Gewinne ein. So vergingen fünfzehn Jahre, bis Sam 20 Jahre alt war.

Das Treffen

Zwanzig Jahre lang hatte ich keine neuen Hinweise erhalten, die Bewegung in den Fall hätten bringen können. Ich wollte immer noch herausfinden, was geschehen war. In diesen zwanzig Jahren war ich immer weiter für die Bearbeitung des Falles bezahlt worden, bis ich einen Anruf des Mannes erhielt, der mich beauftragt hatte. Er sagte, dass er bald in Rente gehen werde und eine Weiterzahlung nicht mehr möglich sei. Mir blieben also nur noch zwei Monate, um das alles zu beenden.

Ich wusste bereits von dem Kind, aber erst jetzt habe ich herausgefunden, dass er in der Nähe studiert. Am nächsten Tag ging ich zur New York University und wartete auf ihn. Als ich ihn sah, ging ich auf ihn zu und bat ihn um ein Gespräch. Er war wie jeder andere Student einer Universität, jung und wild, aber man sah ihm schon an, dass er ein Wallstreet-Mensch werden wollte. Sehr zielstrebig und mutig. Wir trafen uns am Nachmittag in einem Café in der Nähe. Er wollte vom Familienleben nichts verraten, also griff ich zu meiner Waffe: der Geschichte und der Verfolgungsjagd, die mich seit 20 Jahren beschäftigte. Ich sagte ihm sogar, dass ich an Dave Cordas Unschuld zweifelte, aber Sam Corda war nur empört über meinen Verdacht. Ich gab ihm meine Visitenkarte und er verschwand.

Am nächsten Morgen kam die Wende. Beim Lesen des Tagesblattes sah ich etwas Schreckliches. Auf dem Titelblatt sah ich die Gesichter von Dave Corda und seiner Frau mit der Überschrift „Der Boss und die Witwe haben ein Kind". Ich las den Artikel aufmerksam und mir war klar, dass die beiden in großen Schwierigkeiten steckten. Die Presse hatte erfahren, dass Sam 20 Jahre alt war und noch vor dem Tod des früheren Bosses gezeugt wurde. Damit stand Dave Corda in dem skandalösen Verdacht, Juri Garlon ermordet zu haben. Dann klingelte mein Telefon. Ich ging an den Apparat und hörte Sams Stimme. „Was soll das, Detektiv? Haben Sie der Presse etwas erzählt?" rief er aufgebracht. „Nein, Sam. Ich habe das auch gerade erst entdeckt. Ich weiß nicht, wer dahinter steckt. Sind Sie zuhause?" „Ja, aber vor kurzem war die Polizei hier und wollte meinen Vater verhaften. Meine Mutter ist nicht zuhause und mein Vater geht nicht ans Telefon. Ich schwöre Ihnen, wenn Sie etwas damit zu tun haben..."

Die Verbindung war plötzlich unterbrochen. Ich versuchte, sie wiederherzustellen, aber niemand nahm ab. Sofort machte ich mich auf den Weg zum GARLON-Tower und versuchte vergeblich, Corda zu finden. Als ich das Gebäude verließ, sah ich Sam in Begleitung zweier Bodyguards. Er rannte auf mich zu und bat mich, mit ihm mitzukommen. Wir gingen wieder in das Gebäude, stiegen in den Fahrstuhl und fuhren in den vierzigsten Stock, in dem sich Cordas Büro befand. Niemand war da, aber der Junge hatte die Passkarte, mit der er Zugang zu allen Büros hatte.

Cordas Büro war aufgeräumt, aber er selbst war nicht da. Sam suchte nach Hinweisen darauf, wo er seinen Vater finden konnte, aber auf dem Tisch lagen nur Überweisungsbelege der letzten vier Wochen. „Hey, Detektiv, ich glaube, hier habe ich etwas." Er zeigte mir einen Kontoauszug der Tochterfirma, die Dave Corda vor zwanzig Jahren geleitet hatte. „Fünfzehn Milliarden Dollar?" sagte ich zu Sam und erinnerte mich an den mysteriösen Auszug über zehn Milliarden von damals. Aber diese Überweisung hier war ganz frisch. Sam holte einen Schlüssel aus der Schublade und nahm ein Bild von der Wand, hinter dem sich ein Safe befand. Er öffnete ihn und holte einen Stapel Dokumente heraus. Auf einem Ordner standen die Jahreszahlen 1998 bis 2000 und auf dem anderen 2018 bis 2020. Sam schlug den letzten auf und fand Firmendokumente und Papiere über Immobiliengeschäfte. Ich schaute mir den älteren Ordner an und fand pikante Informationen. Darunter befand sich ein Überweisungsbeleg von Juri Garlon nach Costa Rica. Es ging um die 10 Milliarden Dollar.

„Sam, das Geld wurde dorthin überwiesen, wo Mister Juri Garlon ermordet wurde." Dann blätterte ich weiter. Zwischen den beiden letzten Blättern der Unterlagen Mister Cordas lag ein Briefumschlag. Sam nahm ihn in die Hände und öffnete ihn. Was dort stand, war schockierend. Es handelte sich um einen medizinischen Bericht aus dem Jahr 1995, den Mister Corda in London erhalten hatte. Der Inhalt besagte, dass Mister Corda unfruchtbar sei. „Aber wie ist das möglich?" fragte sich Sam. Er setzte sich und brach in Tränen aus. Wir hörten Schritte im Vorraum. Es war die Polizei, die das Gebäude sichern und durchsuchen wollte. Sam fuhr zurück nach Hause, und ich fuhr mit der Polizei aufs Revier, wo ich alles erzählte, was ich wusste.

Erst am Abend war ich zuhause. Obwohl ich mir keinen Mittagsschlaf hatte leisten können, blieb ich wach und wartete auf irgendeinen Anruf. Dann, gegen 21 Uhr, rief mich die Polizei an und teilte mir mit, dass Sam und Betty im Flugzeug nach Costa Rica unterwegs waren. Sie hätten es erst zu spät von der Fluggesellschaft erfahren. Sofort machte ich mich auf den Weg zum JFK Airport und kaufte mir einen Flug nach Costa Rica. Zwei Stunden später saß ich im Flieger. Was machst du, Sam, fragte ich mich, was machst du?

In Costa Rica

Es war eine dunkle Nacht über einer der Inseln im Golf von Nicoya in Costa Rica. Sam und Betty standen vor einem kleinen Fabrikgebäude. Sie holte eine Waffe aus ihrer Tasche und ging hinein. Die leere Fabrikhalle war nur von wenigen Lampen erleuchtet. In der Mitte des großen Raumes saß Dave auf einem Stuhl. Er war gefesselt. Als Sam sich ihm nähern wollte, rief eine Männerstimme „Stop!" Aus einer dunklen Ecke kam ein bewaffneter Mann und lächelte.

„Juri!" schrie Betty auf. „Hallo!" antwortete Juri. „Und wer ist das? Ist das nicht…Sam?" „Mama, wer ist das?" fragte Sam. „Wer ich bin?" fragte Juri überrascht. „Du weißt, wer ich bin, oder Sam?" Dave rief: „Lass die beiden gehen! Sam, lauf weg!" „Juri, was willst du?" fragte Betty. „Ich will das, was mir gehört, Liebste, nämlich dich und deinen Sohn." „Mama, was soll das?" fragte Sam, sichtlich schockiert. „Ja, sag ihm, was das soll! Oder soll ich das tun?" „Juri, wieso bist du am Leben?" fragte

Dave. „Ich war gar nicht tot. Wisst ihr, die Polizei hier ist leicht zu bestechen. Und es lief alles nach meinem Plan. Oder sollte ich sagen, nach unserem Plan, Betty?"

Betty sah Juri an und versuchte mit viel Mühe, ihre Tränen zurückzuhalten. „Betty, was meint dieser Wahnsinnige?" fragte Dave. „Deine Frau hat dich belogen. In Wirklichkeit ist sie meine Frau. Bis heute! Lass mich dir die Sache erklären, Dave. Wie du weißt, wollte mich die Polizei wegen Geldwäsche verhaften. Also brauchte ich einen Plan. Ich ließ zehn Milliarden Dollar auf ein anonymes Konto überweisen und dann habe ich meine Frau dazu gezwungen, dich zu verführen. Waren das nicht deine liebsten Blumen?" Juri grinste Dave an. Du bist auf meinen Plan hereingefallen. Sie sollte bei dir sein und dich bitten, mich zu ermorden. Ich setzte mich nach Costa Rica ab und zahlte 10.000 Dollar an die Polizei, die meinen vorgetäuschten Tod bescheinigte. Und so lebe ich hier seit zwanzig Jahren unter einem anderen Namen. Aber weißt du, Dave, was mir an dieser ganzen Sache nicht gefällt? Dass Betty nicht zu mir zurückgekommen ist." „Ich habe Dave geliebt", flüsterte sie, leise weinend. „Sie hat dich geliebt!" brüllte Juri. „Sie ist eine Lügnerin!" Er richtete seine Waffe auf Betty. „Bitte, lass sie gehen! Erschieße mich! Ich bin sowieso ein toter Mann. Die Polizei in New York wird mich sowieso verhaften."

„Bist du mein Vater?" fragte Sam Dave und zeigte ihm das medizinische Gutachten. „Sam, du bist immer wie ein Sohn für mich gewesen", sagte Dave. „Du kannst keine Kinder zeugen! Wer ist mein Vater?" Dave begann zu weinen. „Ich, Juri Garlon. Und du, Sam, bist auch ein Garlon." „Aber, wenn du wusstest, dass ich nicht dein Sohn bin, warum hast du mir das dann verschwiegen?" Betty blickte schweigend zu Boden. Dave antwortete: „Weil ich wusste, dass du Juris Kind bist. Und ich wollte die Leitung der Holding übernehmen, damit mich die Firma nicht fertig machen konnte." „Und jetzt, zwanzig Jahre später, habe ich dich entführt, Dave", sagte Juri und richtete die Pistole auf ihn.

„Warte, Juri!" unterbrach ihn Betty. „Schieß nicht! Ich komme zu dir zurück, aber lass ihn am Leben!" „Wisst ihr was?" mischte sich Sam ein. „Es ist mir zu viel. Ich will keinen von euch wiedersehen!" Sam drehte sich um und verließ das Gebäude.

Betty ging vor Juri auf die Knie. „Bitte, Juri, lass uns zusammen rausgehen! Ich flehe dich an!" „Du hast mich enttäuscht, Betty." „Aber ich habe alles gemacht, was du wolltest, Juri." „Alles? Du bist schwanger geworden, um Dave dazu zu bringen, mich zu töten. Dann übernahm er meinen Platz in der Firma! Dass die Informationen über Sam an die Öffentlichkeit kamen, war Teil meiner Rache. Die Presse war ganz heiß darauf, nicht wahr? Ein angeblicher Sohn von euch beiden in deinem Bauch, noch bevor ich tot war." Er schwieg einen Augenblick. „Und jetzt werde ich euch beide in die Hölle schicken." „Betty, liebst du mich?" fragte Dave. Nach einem kaum wahrnehmbaren Zögern schüttelte Betty den Kopf. „Dann," fuhr Dave fort, „erschieße mich, Juri!"

Sam hatte inzwischen das Ufer der Insel erreicht und bestieg die Yacht, mit der sie von der nahen Hafenstadt am Golf gekommen waren. Er hielt kurz inne, als er einen Schuss hörte. Dann war alles still. Sam verließ die Insel mit der Yacht und flog mit einem Privatjet der Firma zurück nach New York. Es gab jetzt nur noch eine Sache, die er in diesem Leben tun konnte...

Die Motte

Als ich die Insel betrat, war die Polizei schon vor Ort. Ich zeigte meinen Ausweis und betrat das Fabrikgebäude. In der Mitte des Raumes sah ich einen Stuhl und viel Blut. Eine Spur von Blutstropfen zog sich bis zum Ausgang. Aber ich konnte keinen Toten sehen. Der Kommissar erklärte mir, dass ein angeschossener Mann auf dem Weg zum Krankenhaus der Insel gefunden worden sei. Später war er ins Koma gefallen und musste notoperiert werden.

Ich blickte mich um und sah nach oben. Die roten Strahlen der Morgensonne trafen auf die kaputten Fensterscheiben der Fabrik und bildeten ein Mosaik aus Licht. Ich atmete tief ein und schloss meine Augen. Als ich sie wieder öffnete, wirbelte eine schöne, goldbraune Motte um mich herum. Coequosa australasiae! Sie setzte sich auf meine Schulter und flog dann nach oben, wo sie in den morgendlichen Sonnenstrahlen verschwand. Das war es also. Meine Arbeit war zu Ende. Fast einundzwanzig Jahre hatte ich gebraucht, um zu verstehen, dass ich nichts verstand. Und jetzt hatte mir eine einzige Motte alles erklärt. Ich war die ganze Zeit von meinen Auftraggebern an der Nase herumgeführt worden. Der Polizeichef, der mich beauftragt hatte, war auch bestochen worden. Deshalb konnte er mich all die Jahre so gut bezahlen. Er wollte keine Polizeiermittler einsetzen, das wäre zu gefährlich gewesen. Also bat er mich um einen Gefallen, weil er wusste, dass er nur einen dummen Detektiv aus New York in diese große Sache verwickeln konnte und dass ich nie etwas herausfinden würde. Wie dumm ich doch tatsächlich war.

Ich wollte Dave im Krankenhaus besuchen, aber der Zutritt wurde mir verwehrt. Also flog ich nach New York zurück und besuchte den Polizeichef. Er sah sehr alt aus und wollte zum letzten Mal meine Unterschrift für den Erhalt des Honorars haben. Jetzt war ich den Auftrag los. Ich ging zu einem Polizeidetektiv, dem ich vertraue und schreibe jetzt diese Aussage, angefangen von dem Augenblick in meinem schwach beleuchteten Zimmer daheim bis zu diesem Satz. Was dazwischen wirklich geschah, weiß ich nicht. Das wissen nur Dave und Betty Corda. Und vielleicht ihr Sohn. Ende meiner Aussage.

Epilog

Der Detektiv gab seine Aussage bei der New Yorker Polizei ab und einer der Beamten fragte, ob die Geschichte mit der Motte tatsächlich wahr sei. Er lächelte nur wortlos und verließ die Polizeistation. Am nächsten Tag gab es eine Reihe prominenter Verhaftungen. Auch der Polizeichef musste wegen Korruption ins Gefängnis. Betty machte bei ihrer Rückkehr nach New York eine Aussage, aus der hervorging, dass Sam der Sohn Juri Garlons war. Über die weiteren Details schwieg sie und wurde auch nicht verhaftet.

Nur einen Tag später fand eine Jubiläumsgala der GARLON Holding statt, aber nicht, wie es Tradition war, in London, sondern im Festsaal der New Yorker Staatsbibliothek. Auch der Detektiv kam dazu und ging auf Betty zu.

„Na, Misses Corda, wie war Ihre Reise?" „Das war schrecklich.! Seit ich zurück bin, habe ich nichts von Sam gehört. Er ist weg", sagte sie. „Ich bin jetzt nicht mehr für den Fall zuständig, aber können Sie mir vielleicht verraten, was da in Costa Rica geschehen ist?" „Nein, Detektiv, wenn ich das tun würde, würde ich verhaftet. Die Gala fängt an. Leben Sie wohl, Detektiv." „Leben Sie wohl, Misses Corda." Dann flüsterte er ihr ins Ohr: „Ich sehe da einen Vorhang am Ende der Reihe der Präsidentenporträts. Ich habe so ein Gefühl, dass Sie seine Nachfolgerin werden und dass sich da hinter dem Stoff Ihr Foto verbirgt." Sie sah ihn lächelnd an und sagte: „Sehr aufmerksam, Detektiv, sehr aufmerksam." Er lächelte zurück und setzte sich an einen der Tische.

Auf dem Höhepunkt der Gala sollte der neue Präsident der Holding bekanntgegeben werde. Ein Mann betrat die Bühne und sagte: „Ladies und Gentlemen, wie Sie wissen, musste sich Mister Dave Corda aus verschiedenen Gründen zurückziehen und die Stelle des Präsidenten aufgeben. Es ist mir eine große Ehre, ihnen den neuen Präsidenten der GARLON Holding vorstellen zu dürfen. Bitte begrüßen sie den Präsidenten der GARLON Holding! Mister Sam Corda!"

Unter den Anwesenden erhob sich ein Brodeln, zwischen Schock und Verwunderung. Man hörte Stimmen, die riefen: „Das ist ein Skandal!" oder „Das ist unmöglich!". Andere applaudierten und erhoben sich von ihren Sitzen. Der Junge betrat den Saal und ging über den Teppich in der Mitte des Saales nach vorn, mit steifen Schritten und undurchsichtiger Miene. Ohne einen Blick in das Publikum zu werfen, ging er direkt auf die Bühne.

Der Detektiv suchte mit seinen Augen nach Betty. Sie stand inmitten der Menge, blass und schockiert. Sie stellte ihr Glas auf einen Tisch und verließ mit großen Schritten den Saal. Der Detektiv wollte ihr folgen, aber im Erdgeschoss war sie nicht mehr zu sehen. Sie war weg. Wie die Motte in den Sonnenstrahlen. Es war das letzte Mal, dass der Detektiv etwas von Betty hörte. Er entschied sich, in den Ruhestand zu gehen, abseits von New York. Er kehrte in seine Heimat in Massachusetts zurück und kaufte sich ein Haus an einem kleinen See.

Ein letztes Mal erinnerte er sich an diese ganze Geschichte, als an einem schönen Abend am See eine Coequosa australasiae an ihm vorüberflog. Plötzlich war ihm klar, wohin Betty für immer geflogen war. Er wusste nur nicht, mit wem, mit Juri oder Dave, denn den Mann im Krankenhaus hatte er nicht sehen dürfen. Der Detektiv setzte sich auf eine Bank und sang ein Lied, das er aus seiner Kindheit kannte:

When you leave, boy, when you leave

Hold your Hand upon my sleeve

I will tell you a story wide

Of a very wicked night

If you see a small hawk moth

Listen where it comes from, but

If you want to win in poker

Know that hawk moth is your joker.

Betty flog zu Dave, der sich auf einer privaten Insel in Australien versteckt hielt. Die beiden besaßen ein Vermögen von 15 Milliarden Dollar. Den Kontakt zu Sam haben sie nie wieder aufgenommen.

Juri, der von Betty angeschossen worden war, schleppte sich verletzt ins Krankenhaus, wo er operiert wurde. Da sämtliche Beamten der Insel von ihm bestochen waren, wurde er nie verhaftet. Die verbliebenen acht Milliarden Dollar, die er in Banknoten und Gold in Containern in der Fabrik versteckt hatte, wurden ebenfalls nie beschlagnahmt. Juri lebte bis zu seinem Lebensende auf der Insel.

Betty und Dave adoptierten zwei weitere Kinder. Sie gründeten eine Stiftung, die Initiativen gegen den Einfluss des Geflechts von Tochterunternehmen der GARLON Holding unterstützte, das seit Jahren eine Monopolstellung in der Entwicklung medizinischer Technologien innehatte. Nur fünf Jahre später, im Jahr 2025, musste sich die GARLON Holding geschlagen geben, zahlte Strafen in Höhe von 88 Milliarden Dollar und wurde der Kontrolle der Vereinten Nationen und anderer internationaler Organisationen unterstellt. Betty und Dave, die ihren Namen und ihr Äußeres geändert hatten, engagierten sich weiter für die Aufdeckung der Korruption in vielen Firmen in Australien.

Jokubas S.

Dave und Juri

Ein Auftragskiller, der keine Grenzen kennt. So wie jeder andere auch muss er sein Brot verdienen, aber er macht das auf seine ganz eigene Art und Weise. Dave, 29 Jahre alt, aus Moskau, der Hauptstadt Russlands, ist seit seinem 20. Lebensjahr immer wieder als Auftragskiller engagiert worden. Schon als er 16 war, löschte er eine ganze Familie aus. Es gab Augenzeugen, die jedoch später durch Bestechung ihre Aussagen änderten, so dass er auf freiem Fuß blieb. Dann stellte ihn ein gefährlicher Man ein, der sich Cash nennt und sich selbst so gut wie nie sehen lässt. Dave hat meistens freie Hand und agiert allein. Er bestimmt, wer seine nächsten Zielpersonen sind und wie er zugreift. Cash bestimmt die grobe Linie und steht ihm bei größeren Problemen zur Verfügung. Dave arbeitet mit verschiedenen Partnern zusammen, mit denen er sich von Fall zu Fall abstimmt. Einer dieser Partner heißt Juri. In der russischen Szene ist er dafür bekannt, dass er sogar neben seinen Waffen schläft, es sei wie eine Beruhigung für ihn.

Eines Tages kam es zu einem der seltenen Treffen zwischen dem Oberhaupt Cash, Dave und seinem Partner Juri. Das Treffen organisierte Juri bei sich zuhause mit einem großen Essen und russischem Alkohol. Die drei unterhielten sich über einen großen Fall, bei dem es zu schweren Komplikationen gekommen war. Nachdem sich diese komplizierte Sache aufgeklärt hatte, aßen sie zusammen, tranken Alkohol, lachten und vergnügten sich miteinander. Dave fragte Juri nach der Toilette, Juri deutete mit der Hand in die Richtung. Auf dem Weg zur Toilette stieß er im Flur auf eine weibliche Person, die er noch nie zuvor gesehen hatte. Es war Betty, Juris Frau. Als er sie sah, durchfuhren ihn Gefühle, die er bisher nicht gekannt hatte. Es war Liebe auf den ersten Blick. Als sie sich als Juris Frau vorstellte, war er schockiert, denn er hatte sie für die Haushälterin gehalten. Von einer Frau hatte Juri nie gesprochen. Auch Betty muss sich eingestehen, daß sie diesen Dave süß findet und er ihr sofort sympathisch ist. Von Juri fühlt sie sich ohnehin in letzter Zeit vernachlässigt. Er kümmert sich nicht um sie und lässt sie meistens allein zuhause. Betty wünscht sich schon länger ein Kind, aber Juri findet, das wäre keine so gute Idee. Sie vermutet, dass er fremdgeht und sich mit anderen Frauen vergnügt. In aller Eile tauschen Dave und Betty ihre Nummern aus, denn sie möchten nicht zusammen gesehen werden. Dave speichert die Nummer und begibt sich zurück in das Zimmer, in dem Cash und Juri schon auf ihn warten. Eine Dreiviertelstunde später war die Sitzung beendet, alle verabschiedeten sich und jeder begab sich nach Hause.

Zuhause angekommen, war Dave immer noch vollkommen fasziniert von Betty. Er konnte seinen Augen immer noch nicht trauen, dass Wirklichkeit war, was er da zuvor in Juris Haus gesehen hatte. Tage später konnte er ein Treffen mit ihr organisieren und lud sie zu einem Essen bei sich zuhause ein. Sie kam elegant angezogen und wunderschön, was Dave erneut faszinierte. Sie aßen und tranken dabei leckeren Wein aus Italien. Sie unterhielten sich angeregt, lachten und funkelten sich gegenseitig an wie frisch Verliebte. Nach dem Essen machten sie es sich auf der Couch vor dem Kamin bequem und tranken den Rest des Weins. Es kam zu den ersten Küssen. Ihre Lippen berührten sich und ließen nicht mehr los. Sie fingen an, sich gegenseitig auszuziehen, hatten Sex miteinander und schliefen schließlich zusammen ein. Am Morgen stand Dave schnell auf, er hatte ein wichtiges Meeting und musste schnell los. Er fuhr Betty in die Nähe von Juris Haus, küsste sie und fuhr weg.

Da Dave lange und viel zu tun hatte, sahen sie sich erst zwei Monate später wieder. Sie schrieben sich in den ganzen Wochen lange Texte und Liebeserklärungen. Dave und Juri waren in dieser Zeit in unterschiedlichen Städten unterwegs, Dave in St. Petersburg und Juri in einer kleinen Stadt, etwa 100 Kilometer von Moskau entfernt. Als Dave wieder nach Moskau zurückkehrte und sich endlich wieder mit Betty treffen konnte, erfuhr er schockiert, dass sie schwanger ist. Er glaubt seinen Ohren kaum, was er da gerade gehört hatte. Betty sah allerdings nicht wirklich traurig aus, sie wirkte eher glücklich. Aber wie sollte sie das Juri erklären. Von ihm konnte sie nicht schwanger sein, denn der letzte Sex mit ihm war schon eine längere Zeit her. Abtreiben wollte sie nicht, denn sie wünschte sich schon immer ein Kind. So kam Dave auf die Idee, Juri nach Moskau zu bestellen, damit er Gelegenheit hat, mit seiner Frau zu schlafen und er den Ehebruch nicht bemerkt. Juri aber lehnte ab. Er stecke dort drüben in Schwierigkeiten und brauche noch Zeit. Daves Plan ging nicht auf. So kam er letztendlich zu der Entscheidung, einen seiner anderen Partner loszuschicken, um Juri auszuschalten.

Nur eine Woche später bekam Dave die Nachricht, dass der Auftrag erledigt sei. Gleich darauf machte Dave der frischen Witwe Betty einen Heiratsantrag und sie heirateten. Die beiden waren sehr glücklich miteinander. Sieben Monate später kam ein kerngesunder Junge zur Welt, dem sie den Namen Alexander gaben. Der Junge wuchs in anderen Verhältnissen auf als sein Vater Dave, denn Dave hatte es in seiner Kindheit schwer, ohne Geld und ohne Vater. Mit 14 Jahren begriff Alexander allmählich, was sein Vater so trieb und wie er sein Geld verdiente. So richtig überzeugt war er davon nicht. Er hatte sich in den Kopf gesetzt, einen anderen Weg zu gehen als sein Vater und sein Brot ehrlich zu verdienen. Dave war am Anfang nicht einverstanden damit und es kam zwischen Vater und Sohn zu Streitereien. Betty wünschte sich einerseits auch, dass Dave sein Leben umkrempelt, aber andererseits wusste sie, wie viel Arbeit und Geld er in dieses Geschäft gesteckt hatte.

Vier Jahre später hatte Alexander seinen Abiturabschluss mit Bestnoten absolvieren können und er wusste, dass er auf einem guten Weg war. Er plante, bald nach Amerika zu ziehen, um dort zu studieren, aber er wollte auch gern seine Familie bei sich haben und zwar ohne dass sein Vater Dave weiterhin in diesem Geschäft tätig wäre. So ging Alexander nach Hause und stellte Dave vor die Wahl: entweder er oder weiterhin das Morden. Sie fingen an, zu diskutieren und wurden lauter, bis Betty dazwischenging und die Diskussion beendete. Den Abend über zerbrach sich Dave den Kopf darüber, welche Wahl er treffen sollte, doch letztendlich, da er wusste, dass nichts und niemand seine Familie ersetzen könnte, entschied er sich für seinen Sohn und seine Frau. Am nächsten Morgen teilte er Alexander seine Entscheidung mit und beide waren überglücklich. Sie wollten am liebsten gleich nach Amerika fliegen. Damit sich Dave nicht im letzten Moment noch einmal umentscheiden konnte, organisierte Alexander den Flug so schnell wie möglich. So war es schon eine Woche später Zeit, Abschied von der Heimat zu nehmen. Die drei verabschiedeten sich von allem, was ihnen lieb war und fuhren zum Flughafen. Etwa zehn Stunden später kamen sie in Amerika, im wunderschönen New York an und konnten ein neues Leben für die Familie beginnen.

Gut zehn Jahre später hat sich Alexanders Traum erfüllt, er ist nun Chefarzt in der Chirurgie, ist selbst verheiratet und hat ein Kind. Dave hat einen Laden aufgemacht und ist sehr zufrieden mit seiner wunderschönen Frau Betty. So lebt die Familie Malinov glücklich und unzertrennlich zusammen und hofft, das werde bis an ihr Lebensende so bleiben.

Salah D.

Die Neidgrube

Dave und Juri waren schon seit Urzeiten die dicksten Kumpel, die man sich vorstellen kann. Sie kannten sich schon, da waren sie noch Sandkastenbuddler. Ihre Mütter sind alte Studienfreundinnen und das Schicksal wollte es, dass ihre Eltern Nachbarn wurden. Dave war von beiden der Draufgänger, immer unter Strom und mit Hummeln im Hintern. Juri dagegen war eher der besonnene Typ, er wollte immer alles zweimal überlegen, bevor er und Dave sich in ein Abenteuer stürzten. So gingen die Jahre ins

Land und aus den beiden Kindern wurden junge Männer. Sie verbrachten ihre Schulzeit gemeinsam, und mit der Stärke ihrer Gemeinsamkeit schlossen sie sogar das Studium in Architektur und Immobilienrecht ab. Sie wollten auf der sicheren Seite sein und lernten nicht nur, wie man Häuser baut, sondern auch, wie man Lage und Wert einschätzt und sie am besten verkauft.

Gemeinsam fingen sie auch bei einem Immobilienmakler ihres Heimatortes an, wobei man besser von einer Maklerin sprechen sollte. Und von was für einer Maklerin! Wegen des auffälligen roten Blazers, den sie ständig trug, sprachen sie nur von der „Lady in red". Die Frau war knallhart, es hieß, sie könne einem alles andrehen. Zu ihren Angestellten sagte sie immer: „Also, Leute, wie ist unser Motto? Lass keinen Kunden vom Haken, denn nur ein erfolgreiches Geschäft ist ein gutes Geschäft. Okay, dann los, lasst uns Money machen!" Eines Tages bestellte „Red" alle zu einem Meeting und verkündete: „Leute, wie ihr wisst, sind wir mit unserer 40 Mann starken Truppe nur eine Zweigstelle. Ich habe die große Ehre, die vier Besten von euch in die Hauptstadt zur Zentrale zu schicken. Trommelwirbel bitte! Unsere vier glücklichen Gewinner sind: Dave, Anna, Juri, Julie. Glückwunsch, ihr vier und denkt immer daran, ihr vertretet nun unser kleines Nest hier und die da drüben sollen doch nicht denken, dass ich Schlaffies großziehe. Nächste Woche geht es los!"

Als der Tag des Wechsels herangekommen war, führen Dave und Juri gemeinsam in die Zentrale, wo sie die beiden Kolleginnen trafen. Diese schienen sie aber keines Blickes zu würdigen, ein Zeichen des Konkurrenzkampfes, der jetzt erst so richtig losgehen würde. Juri sagte zu Dave: „Schau mal, wie viele Leute hier sind. Ich hatte keine Ahnung, dass es so viele Zweigstellen gibt. Ist bestimmt so eine Art Rekrutierung und Auslese." Dann betrat ein alter Mann die Bühne und sprach in das Mikrofon: „Meine sehr verehrten Damen und Herren, bis hierher haben Sie es schon geschafft. Aber Sie müssen es noch weiter schaffen, also geben sie Ihr Bestes, »Siegen statt Fliegen!«"

Und so war es dann auch. Die Firma wuchs und wuchs in einem enormen Tempo, während Dave und Juri sich ein abwechslungsreiches Kopf-an-Kopf-Rennen lieferten. Irgendwann hatte sich jeder seine eigene Eigentumswohnung erarbeitet. Sie wohnten nun zwar nicht mehr zusammen, ihrer Freundschaft tat dies aber keinen Abbruch. Dave spezialisierte sich mehr auf Inlandsobjekte, während Juri sich um die Auslandsgeschäfte kümmerte. Nach und nach wurden die beiden die besten Mitarbeiter des Unternehmens.

Es stand das 30-jährige Firmenjubiläum an. Alle Mitarbeiter waren eingeladen, dieses Ereignis in der Firmenzentrale mitzufeiern. Der alte Chef, McConners, hatte keine Kosten und Mühen gescheut. Er meinte, Firma sei Familie und die müsse man für die gute und harte Arbeit belohnen und wer hart arbeitet, muss sich auch mal eine kleine Pause gönnen dürfen. Ja, so war der Alte, hart aber fair. Wer gut zu seiner Firma war, zu dem war auch er gut.

Dave freute sich darauf, seinen alten Kumpel Juri wiederzusehen, denn sie hatten sich seit etwa einem Jahr nicht mehr gesehen. Während Dave weiter vor Ort Karriere machte, kümmerte sich Juri um den Aufbau eines brasilianischen Tochterunternehmens. Juri hatte Dave geschrieben, dass sie sich auf der Feier treffen würden und er eine Überraschung mitbringen werde. Dave genehmigte sich gerade einen Drink an der Bar und ließ seinen Blick durch die Menge schweifen. Plötzlich hielt er erschrocken inne. Er hatte Victoria gesehen, oder, wie sie alle nannten: „Red". Er wollte sich abwenden, um nicht von ihr gesehen zu werden, aber es war zu spät. Sie sah ihn, er saß in der Falle. Sie hob ihren Arm und winkte ihm zu. Von den Drinks, die sie schon genommen hatte etwas beschwipst, rief sie ihm lallend zu: „Hallo Dave, hier drüben!" Der Anstand verbot ihm, sie zu ignorieren, und er ging zu ihr hinüber. „Hallo Victoria, wie geht es ihnen?" „Ach bitte, Dave, wie lange kennen wir uns jetzt schon? Sag Vicky zu mir!" Sie sah aus, als fiele sie gleich ins Koma, fand Dave. Sie lehnte sich an seine Schulter. „Dave, ich wollte dir das schon immer mal sagen... ich bin zwar ein paar Jährchen älter als du, aber ich bin trotzdem noch nicht eingerostet, wenn du verstehst, was ich meine." Dave überlegte noch, wie er aus dieser Situation herauskommen könnte, als ihm eine Hand auf die Schulter fiel.

„Da bist du ja endlich, hast du meinen Drink mitgebracht?" Dave sah die fremde Frau einen Moment lang verdutzt an. „Du bist also in Begleitung hier? Ach, so ein Mist!", lallte Victoria. „Äh, ja, tut mir leid Vicky." „Für die immer noch Red, Freundchen!" Sie hängte sich dem nächstbesten Mann, der allein war, an den Hals und Dave sah zu, wie sie sich entfernte. „Danke sehr, Sie haben mir wirklich geholfen. Das wäre sonst vielleicht noch peinlich geworden. Mein Name ist Dave, und wie heißt meine Retterin?" „Mein Name ist Betty, freut mich, Ihre Bekanntschaft zu machen." „Also Betty, würden Sie gern tanzen?" „Aber liebend gern doch." Dave nahm Betty an die Hand und schlängelte sich mit ihr durch die Menschenmassen zur Tanzfläche. Während sie tanzten, fiel Dave von weitem ein Mann ins Auge, der bei dem alten McConners stand. Es war Juri. Er unterbrach den Tanz und sagte zu Betty: „Sorry, ich muss kurz weg, jemanden begrüßen. Ist das okay für dich?" „Tu, was du nicht lassen kannst", antwortete sie, „ist ja schließlich ein freies

Land." „Okay, aber nicht weglaufen, ich komme bald wieder!"

Dave ging auf die beiden Männer zu und stellte sich direkt hinter Juri. „Na sowas, na sowas, spät kam er, aber er kam doch noch." Juri drehte sich um und sagte: „Ach nein. Du lieber Gott! Dave, du bist's, hey Mann, wie geht es dir?" „Mir geht es prima. Aber sag mal, wie war die Reise?" Da schaltete sich McConners dazwischen: „Schön, dass meine zwei Topverkäufer wieder vereint sind, aber genau das würde ich auch gern wissen." Juri antwortete: „Prima, alles bestens. Die Stelle in Rio steht und dort arbeitet man sogar schon." „Das ist ja fabelhaft. Und so schnell", sagte McConners, „Nun gut, ich will euch beide nachher in meinem Büro sehen, wir haben etwas zu besprechen. Aber jetzt genießt die Feier!"

„Gut siehst Du aus, Dave, schicker Anzug." „Danke Juri, hast aber ganz schön viel Sonne getankt." „Naja, dort schien nur die Sonne, da wird man sogar beim Arbeiten gebräunt." „Aber, Juri, jetzt spann mich nicht so auf die Folter! Was ist denn nun deine Überraschung?" „Nicht was, sondern wer, solltest du fragen. Siehst du die Frau, die dort bei dem alten McConners steht?" „Die scharfe Granate da? Der Rotschopf?" „Ja, genau die!" „Ja, mit der habe ich vorhin schon getanzt. Warte, ist sie etwa deine Überraschung?" „Ja, genau", grinste Juri. „Du alter Fuchs! Wann ist das denn passiert? Sag schon!" „Als ich in Brasilien war, lernten wir uns kennen. Komm, ich stelle dich anständig vor."

Das Vorstellen nahm ihm der alte McConners ab: „Ah, Dave, Juri, da seid ihr ja. Dave, hat dir Juri meine Tochter schon vorgestellt?" „Das hatte ich gerade vor. Hallo Schatz", sagte Juri. „Na dann: Dave, meine Tochter Betty. Betty, das ist Dave." Dann wandte sich der Alte an Juri: „Juri, gute Arbeit da drüben. Lass uns mal ein wenig plaudern. Betty, kümmere dich doch bitte kurz um Dave, wir kommen gleich wieder." Während Juri mit Mc-Conners in dessen Büro ging, um über Geschäftliches zu reden, gingen Betty und Dave auf die Tanzfläche. Unterwegs sagte Dave: „Na, da hast du mich ja ganz schön auflaufen lassen. Ich dachte, ich tanze hier mit einer netten, unschuldigen Kollegin, dabei bist du die Tochter vom Chef und darüber hinaus auch noch mit meinem besten Kumpel zusammen." „Naja, zusammen trifft es noch nicht einmal ganz. Wir sind verlobt." „Ach du heilige Scheiße", entfuhr es Dave, „das wird ja immer heftiger."

McConners und Juri ließen sich ganz schön viel Zeit. Betty und Dave tranken etwas und tanzten dann weiter miteinander. Als die Band einen langsamen Song spielte, blickten sich die beiden lange schweigend in die Augen, während sie tanzten, und obwohl zwischen den beiden nichts weiter passierte, reichte das, um einen Funken zu wecken und Zweifel in ihre Köpfe zu säen.

Irgendwann kamen Juri und McConners zurück. „Na, habt ihr Spaß?", fragte Juri. „Davon kannst du ausgehen, Juri, du hast ja immerhin zwei linke Füße", antwortete Betty. „Haha, sehr witzig", gab Juri zurück und wandte sich an Dave. „Hör mal, McConners hat einen neuen Großauftrag und zwar für uns beide zusammen. Wir treffen uns demnächst deswegen, okay?"

Als sich das Fest dem Ende zuneigte, verabschiedeten sich die Freunde voneinander. Bevor sie mit Juri nach Hause ging, umarmte Betty Dave zum Abschied, und niemandem fiel auf, dass sie einen Zettel in Daves Jackentasche schmuggelte. Als Dave zuhause ankam, fiel ihm der Zettel beim Ausziehen herunter. Er öffnete ihn und las: „Für dich! Meine Telefonnummer!" Er war sich nicht sicher, was das zu bedeuten hatte. Er ging ins Bett, konnte aber keinen Schlaf finden. Unwillkürlich musste er immer wieder an diese Botschaft denken. Und an den Abend mit Betty.

Bis zu ihrem ersten heimlichen Treffen, bei dem sie auch zum ersten Mal intim waren, vergingen zwei Wochen. Danach nutzten sie fast jede Gelegenheit, um sich heimlich zu treffen. Zu ihrem Glück wurde Juri vom alten McConners in das Clubleben der feinen Gesellschaft eingeführt. Entweder spielten die beiden mit anderen Clubmitgliedern Golf und Tennis oder sie sprachen bei Zigarren und Drinks über Geschäftliches.

Einmal, als Juri gerade auf dem Weg in den Club war, rief Betty Dave auf seinem Handy an. „Er ist jetzt losgefahren. Wir haben etwa vier Stunden." „Klingt gut. Ich bin in einer halben Stunde bei dir", antwortete Dave. Als Dave ankam, fiel ihm Betty um den Hals und küsste ihn. „Sachte, sachte, nicht so stürmisch. Was, wenn uns jemand sieht." „Hast recht", sagte sie, „komm erstmal rein!"

„Du, Betty, ich muss mal mit dir reden", setzte Dave an. „Wir treffen uns jetzt schon eine ganze Weile und ich finde das auch schön, aber so langsam bekomme ich Gewissensbisse. Verstehst du das?" „Ach ja, ich weiß ja, was du meinst", antwortete sie. „Aber mit uns beiden ist es doch was Besonderes, spürst du das denn nicht genauso sehr wie ich?" „Doch, aber es ist immerhin Juri, dem wir damit wehtun." „Ich weiß", sagte sie. „Ich mag, nein, ich liebe Juri ja auch. Aber nicht so sehr, wie ich dich liebe." Und als sie diese Worte zu ihm sagte und ihn mit ihren wunderschönen dunklen, tiefen Augen ansah, gab es kein Halten mehr für ihn. Die beiden kamen nicht einmal mehr ins Schlafzimmer, so groß war ihr gegenseitiges Verlangen. Sie liebten sich direkt vor dem Kamin, und für diesen Augenblick vergaßen sie alle ihre Ängste und Probleme. Sie vergaßen sogar fast die Zeit. Gerade noch rechtzeitig, eine halbe Stunde bevor Juri zurückkam, schafften sie es, die Spuren ihrer Schande zu beseitigen.

Am nächsten Tag erzählte Juri Dave in der Firma von dem gemeinsamen Bauprojekt, das der alte McConners ihnen anvertraute: Die Errichtung eines zweiten Hauptsitzes auf der anderen Seite der Stadt.

Als Juri in paar Tage später abends noch einmal ins Büro musste, klingelte es plötzlich. Betty öffnete die Tür. Vor ihr stand Dave. „Was zur Hölle machst du denn hier?" „Betty, bitte, ich kann nicht mehr!" „Aber Dave..." „Nein", unterbrach sie Dave, „lass uns endlich ehrlich sein!" „Aber wie denn?" „Du weißt, wie." „Aber..." „Wenn ich es schaffe, kommst du dann mit mir?" „Ja!"

Dann vergingen die Tage, doch eines Abends fand man Juris Leiche in einer Baugrube. Neun Monate später haben Betty und Dave geheiratet. Wenig später erblickte der kleine Damian das Licht der Welt.

Dennis K.

Meine Zukunft

Zur Feier seines zehnjährigen Bestehens schrieb der Förderverein der Jugendstrafanstalt Berlin einen Wettbewerb für jugendliche Inhaftierte zum Thema „Meine Zukunft" aus. Bilder, Zeichnungen und Texte wurden von einer Jury begutachtet und die fünf besten Arbeiten prämiert. Für das Schreibprojekt war dieser Wettbewerb Anlaß, sich dem vorgegebenen Thema zu stellen. Zwei der Texte, die in diesem Rahmen entstanden, wurden ausgezeichnet. Tristan und Taleh konnten sich über eine Laudatio und einen Gutschein freuen. Ihre Texte werden nachstehend vorgestellt. Weitere Texte entstanden in einer gemeinsamen Schreibaktion. Die Gruppe versammelte sich um einen Strauß Sonnenblumen, der bereits einige Tage in einer Vase stand und zuvor als Altarschmuck in der Kirche der JVA Plötzensee gedient hatte. Die Aufgabe war, innerhalb einer halben Stunde im Blick auf diesen Blumenstrauß einen Text zum Thema „Blühende Zukunft" zu verfassen. Zwei dieser Texte werden hier ebenso vorgestellt.

Zukunftsmusik

Inmitten einer Wüste ein Karawanenführer, allein mit seinen Kamelen an einer Oase.

Gemächlich trinken die Kamele, fröhlich summend pflückt der Mann Datteln von dem Baum direkt am Wasser. Er öffnet den Deckel seines Trinkbeutels und taucht ihn tief in das kühle Naß, anschließend setzt er sich auf einen großen Stein im Schatten eines Baumes und betrachtet fasziniert die riesigen orangegelben Sandhügel, die der Wind in unendlicher Langsamkeit vor sich hertreibt.

Die Sonne nähert sich dem Horizont, und der Wind wird langsam kühler. Die Kamele hatten sich schon auf den nun wärmenden Sand gelegt und sind eingeschlafen. Der Karawanenführer isst noch ein paar Datteln und wartet gespannt, bis die Sonne hinter den sandigen Hügeln verschwindet und die Sterne die Wüste erhellen lässt, dann entschließt sich auch er, gesättigt und zufrieden, den Schlaf zu suchen.

Es ist noch dunkel, als der Karawanenführer aus dem Schlaf erwacht. Musik, von weiter Ferne herüberhallend, weckt ihn auf und hindert ihn nun am Weiterschlafen. Die schönsten Melodien und die verheißungsvollsten Rhythmen formen in ihm die traumhaftesten Bilder. Er stellt sich nun immerzu vor, wie Tänzerinnen in raschelnden Gewändern in der kühlen Nachtluft zu den mitreißenden Tönen tanzen, wie Wein, fruchtig und rot, aus einem marmornen Springbrunnen sprudelt und wie die süßesten Delikatessen auf silbernem Tablett serviert werden.

Nun blickt der einsame Mann auf die Oase. Sie könnte ihm alles geben, was er zum Leben braucht, denkt er sich, doch nicht mehr. Die Musik verheißt ihm jedoch eine vollkommene Zukunft, die ihm alle Träume und Wünsche augenblicklich erfüllt.

Auf einmal richtet er sich auf, greift noch nach dem Trinkbeutel und geht, die Kamele zurücklassend, von den Melodien angezogen auf den nächsten Sandhügel zu, den Blick starr auf das Ziel gerichtet. Selbst als sich die Sonne wieder in aller Schönheit der Wüste zeigt, findet sich kein einziger Blick des Wanderers dafür. Auch als die Sonne ihren höchsten Stand erreicht, die Hitze unerträglich wird und die Schweißperlen von der Stirn des Mannes fließen, sieht man nur ein Lächeln in seinem Gesicht. Unablässig erfüllen ihn neue Fantasien, neue Delikatessen, die ihn erwarten, Reichtum und Ehre, Ansehen und Stolz füllen seine Tagträume, und so schreitet er von Sandhügel zu Sandhügel lächelnd seiner Zukunft entgegen.

Doch nach einigen Tagen sind die Wasservorräte verbraucht und die Lippen werden immer trockener und rissiger. Die Haut des Wanderers schmerzt nun durch die Unnachgiebigkeit der Sonne, dann geben die Knie nach.

Nun, am Fuße eines weiteren Hügels kniend, richtet sich der Blick noch einmal aufwärts, noch immer spielt die Musik, noch immer scheint die Sonne, doch es scheint, als würde gleich hinter dieser Mauer aus Sand die Belohnung für all die Anstrengungen warten.

In einer wahnhaften Vision sieht der Wanderer die prächtigen Paläste, die prunkvollen Straßen, die lachenden Gesichter, die alle nur auf ihn zu warten scheinen. Er sieht, während er zuerst auf allen Vieren, dann kriechend den Hügel erklimmt, noch einmal die Tänzerinnen. Er schmeckt förmlich den fruchtigen Wein und kostet von den vollkommensten Mahlzeiten. Dann, sich mit aller Kraft hochhievend, überblickt er den Gipfel des Hügels: Und wer weiß, vielleicht…

Tristan

Meine Lebensziele

Wo fangen wir an? Genau bei diesem Ziel!
Geld verdienen und zwar viel!
Darauf folgt die Selbständigkeit,
mit der bauen wir uns unsere Räumlichkeit.

Mit meiner Frau wohne ich dann in einem großen Haus,
das sieht ein bisschen wie ein Schloss aus.
Dann gründen wir eine Königsfamilie
und erhalten unsere Linie!

In andere Länder reisen wir gern,
da reicht gar kein Kalender mehr.
Mit all den erfüllten Zielen
kann ich mit meinem Schicksal dealen.

Und eines Tages, das ist mein letzter Wunsch,
mit meiner Frau glücklich alt werden
und zu sehen
wie andere die Welt verderben.

Taleh B.

Blühende Zukunft?

Sein Blick schweift über ein Dutzend Sonnenblumen,
deren beste Tage wohl schon hinter ihnen liegen.
Das grüne Schilf, welches über ihre gesenkten Köpfe
hinausragt,
lässt sie noch schwächer, noch trauriger erscheinen.

Verbannt in eine Vase,
getrennt von Sonnenlicht und Muttererde,
sehen sie dem Ende entgegen.

Keine frische Luft zum Atmen,
eingesperrt in vier Wänden,

Shamil O.

die Fenster gehen auf,

Gitter lächeln ihn an.

Sein Blick ist gesenkt.

Gedanken, welche ihn quälen,

lassen ihn noch schwächer, noch trauriger erscheinen.

Verbannt in Gewahrsam,

getrennt von Freiheit und Familie

sieht er dem Ende entgegen.

Merlin S.

Blühende Zukunft

Meine Wünsche, die ich für die Zukunft habe, voll zum Blühen bringen. Dass sie so positiv aufgehen, wie der nächste Frühling. Meine Vorstellung dazu wäre, dass ich mein jetziges Leben wie in einer Knospe verbringe und meine Zukunft so erstrahlt wie eine wunderschöne, kräftige, voll erblühte Sonnenblume. So wie das Leben eines jeden anfängt und sich seinen Weg bahnt, so könnte man sich auch den Vergleich zwischen Insasse und Blume denken, wie dieser vom geschlossenen wachsenden Zustand in den ganz erblühten offenen wechselt. Man fängt klein an und dann wächst und wächst man irgendwann über sich selbst hinaus. Dann tut man diese kleinen, aber doch schon wichtigen Dinge, die man so zum Wachsen tut und die für einen gut sind. Man tauscht altes Wasser gegen neues, das künstliche Licht gegen gutes Sonnenlicht und das Eingesperrtsein wie in einem Blumentopf oder einer Vase gegen die Freiheit.   Dennis K.

Ein Brief an mich selbst

Ursprünglich als Beitrag für ein Dokumentarfilmprojekt gedacht, entstanden die „Briefe an mich selbst" lange vor dem Beginn des eigentlichen Schreibprojekts. Einzige Vorgabe für die Briefe war, einen Brief zu schreiben, den man selbst gern empfangen würde. So entstanden zwei Briefe „von mir an mich" und ein fiktiver Liebesbrief.

Hey Du

ich bins, du selbst, nur in 50 Jahren. Dein Leben verlief bis jetzt ja nicht so wirklich nach Plan. Ich weiß, dass du durch deinen lockeren Lebensstil bis jetzt schon viel erlebt hast und auch viel rumgekommen bist auf der Welt, aber langsam wird es mal Zeit, dein Leben in eine geordnete Bahn zu bringen und dir zum Beispiel mal einen Job zu suchen und den dann auch durchzuziehen.

Ich weiß, dass du ein Haus mit Garten haben willst und ein dickes Auto fahren willst, aber das kommt alles nicht von allein. Du musst dafür etwas tun und das bedeutet harte Arbeit, aber am Ende wird sie halt belohnt.

Sieh einfach zu, dass du ein anständiges Mädchen findest und halte deine Familie immer in Ehren, kümmere dich um deine Schwester und steh deiner Oma immer zur Seite und hilf ihr bei allem, wobei sie dich braucht, auch wenn du keine Lust dazu hast. Sie hat dasselbe vor ca. 10 Jahren auch für dich getan.

So, mein Freund, das war schon alles, was ich dir mit auf den Weg geben wollte. Wir sehen uns in 50 Jahren.

Jeffrey H.

An mein jetziges Ich von meinem sechsjährigen Ich

Das, was du dir so alles vorgestellt hast, was du mit fast 22 geschafft haben wolltest, hast du ja nicht so hinbekommen. Eine fertige Ausbildung, davon bist du noch ein kleines Stück entfernt. Das mit einer tollen, schönen und klugen Frau hast du dir selber alles kaputt gemacht, da du straffällig geworden bist. Das Gute bis jetzt ist, dass du vieles mehr schätzt, dass du dein letztes Jahr als Maler und Lackierer machen willst und dich um dein eigenes Reich kümmerst. Wer weiß, wohin dich deine Wege führen, aber dann bist du ja dann Maler- und Lackierermeister und Techniker, hast Alexandra als deine Frau mit Kindern und einem Haus und gehst dann noch regelmäßig trainieren. Dann hast du alles, was dich glücklich macht.

Sven W.

Hallo Dennis,

wie geht es dir? Ich hoffe doch mal, gut. Mir geht es soweit ganz gut, aber ich habe zur Zeit gerade ein wenig Stress wegen den Vorbereitungen auf meine Prüfung. Das muss dir jetzt bestimmt voll komisch vorkommen, dass ich dir schreibe. Aber ich hatte auf einmal einfach das Bedürfnis dazu. Ich weiß ja, wir sehen uns sowieso oft genug, fast jeden Tag, um ehrlich zu sein. Aber das ist irgendwie nicht dasselbe, findest du nicht auch? Weil wir doch eigentlich ja total verschieden sind. Na ja, es heißt ja, Gegensätze ziehen sich an.

Übrigens, ich habe von meinem Vater erfahren, dass du heute im Café die Spätschicht hast. Ich nämlich auch. Sei jetzt bitte nicht böse, aber ich habe meinen Vater darum gebeten, dass du mit mir die Schicht übernimmst. Weil ich dich beobachtet habe, aber verstehe das jetzt bitte nicht falsch. Ich finde es einfach nur so schön, wie du dich um die Wünsche jedes einzelnen Gastes kümmerst. Auch wollte ich mich schon länger mal mit dir unterhalten, zum Beispiel: wie bist du eigentlich auf das Café meines Vaters gekommen? Du hast bestimmt einen meiner Aushänge gesehen. Dann habe ich auch noch so viele andere Fragen an dich, natürlich nur, wenn es dir recht ist.

Ich muss dir auch noch etwas gestehen. Um die Wahrheit zu sagen, ich mag dich. Ich mag dich eigentlich sogar sehr. Wenn mein Vater dir nächsten Samstag frei gibt, würde ich mich gern mit dir treffen.

Mit freundlichen Grüßen

Deine P.

P.S. Hoffentlich bis bald!

Dennis K.

Haftnotizen II

Der folgende Text entstand in Auseinandersetzung mit den Reaktionen Gefangener auf die Verhaftung eines Mannes, der im Sommer und im Herbst 2015 zwei kleine Jungen in Potsdam und Berlin entführt, mißbraucht und ermordet hatte.

Sie verurteilen all jene, die Kindern Schaden zufügen. Begründen ihr Urteil mit dem Unverständnis, nein, sogar dem Hass auf Gewalt gegenüber Wehrlosen, gegenüber Hilflosen. Bezeichnen die Empfänger ihrer Abneigung als Menschen ohne Ehre. Fordern den Tod all dieser und versprechen, den Platz des Henkers als Vollstrecker der Gerechtigkeit einzunehmen.

Doch wie viele all jener, denen sie Schaden zufügten, waren wehrlos, waren hilflos. Und fordern sie somit nicht auch das Ableben ihrer selbst. Es resultiert:

Würden sie ihr Versprechen

Heute Nacht nicht brechen

Dann beginge im Prinzip

Der halbe Knast

In dieser Nacht

Suizid.

Doch da dies nicht der Realität entspricht, sind all jene nur die Henker ihrer Schwüre und hassen nicht all diese, sondern sich selbst.

Merlin S.

Zivilisiert

Du lernst Zivilcourage kennen. Du hast Fehler begangen und willst sie wieder gut machen. Du lernst soziale Kompetenzen, es läuft gut. Du hast es verstanden und setzt es im Alltag um. Du lernst, bei einer Straftat nicht wegzuschauen und die Zivilcourage in dir, die bei jedem zivilisierten Menschen vorhanden ist, den sie ja eh versuchen, aus dir zu machen, anzuwenden und dem Opfer zu helfen.

Ich muss wegschauen, weil man sich hier in der Jugend ja benehmen muss. Man will schnell raus und in nichts verwickelt sein. Außerdem will das Opfer nicht mal aussagen, also stehen bis auf den Täter am Ende alle dumm da, weil das Opfer Angst hat. Also versucht man, dem Täter kleine Zeichen zu setzen, dass es reicht. Das muss sämtliche Schläge auf Kopf und Gesicht ertragen. Schmerzhaft sieht das aus, denn die Dinger waren auch schon wuchtig. Die „Männer", die eher noch Kinder sind, machen sich an Schwächere heran oder versuchen, sich auch mal untereinander zu beweisen. Ich würde gern mal dem Täter aufs Maul hauen, denn anders versteht es der Drecksack auch nicht, da eh alle wegschauen.

Das ist ein Tag im Jugendknast. Das ist ein Tag in der Plötze.

Salah D.

Auschwitz

Ich sah mir vor einigen Jahren das KZ Auschwitz an. Was ich dort allerdings zu Gesicht bekam, verschlug mir den Atem.

Als ich vor dem Eingang stand, las ich dort auf dem Torbogen: „Arbeit macht frei!" Das Gelände war riesengroß und während ich mir die Anlage und die verschiedenen Gebäude anschaute, wurde mir immer mehr klar, dass ich hier die Grausamkeit der Geschichte kennenlernen würde. Die Reise dorthin unternahm ich nicht allein. Ich gehörte zu einer Gruppe, in der ich mit meinen 15 Jahren der Jüngste war. Mein damaliges Wissen zu diesem Thema bestand vor Beginn unserer Reise nur aus theoretischem Schulwissen und ein paar Filmen.

Ich kann mich heute nicht mehr an alle Einzelheiten erinnern, aber zwei Dinge, die ich dort erlebt habe, werde ich wohl nie vergessen. Zum einen lief ich durch den Flur einer Baracke. Er war lang und sehr schmal und an den Wänden hingen die Fotos der Gefangenen, oder dessen, was von ihnen übriggeblieben war. Das Zweite war eine große Halle mit vielen Schaufenstern, hinter denen sich die verschiedensten Habseligkeiten der hier umgekommenen Menschen befanden.

Dennis K.

Du wolltest dich nie in den Mittelpunkt stellen

Dich nie in Szene setzen

Du hast dich auch selbst zu oft vergessen

Was willst du sein und wo willst du hin?

Keiner weiß es, nicht mal du selbst

Nach außen cholerisch, exzentrisch

Doch innen verletzlich, zerbrechlich, fragil

Alles Worte, die das Gleiche sagen, beschreiben

Diagnose: psychisch labil

Redest dich um Kopf und Kragen

Haussegen hängt schief

Wie die Krawatte

Altes Geburtstagsgeschenk

Die Falten kommen von innen

Wozu bügelt man überhaupt noch sein Hemd?

Im Alltag immer das Gleiche

Fängst an, dir alles Schöne selbst zu verbieten

Rasierklinge stumpf, die Barthaare sprießen

Ob du zufrieden bist, interessiert keinen

Es geht darum, anderen Menschen ihr Glück zu bescheren

Jeder, der selbstlos handelt, ist ein Heuchler

So viel Mitgefühl kannst du nicht entbehren

Leon K.

Shamil O.

Freiheit

Die Freiheit verborgen, die Freiheit gestorben,
doch nur bei ihr fühl ich mich wirklich geborgen.
Was ist nur aus uns geworden?
2018, ich mache mir Sorgen.
Freundschaft kann man sich nicht mal mehr borgen,
Heuchelei zünde ich an wie Kerzen auf Torten.
Ich freue mich auf den Ausgang von morgen,
freue mich auf die Familie vor der Pforte.
Salah Eldine, dies sind wahre Worte,
Salah Eldine, einer von der wahren Sorte.

Salah D.

Seitenstraße des Lebens

Ich schließe die Augen und sehe das Leben nur noch als eine schmutzige Seitenstraße. Sie erscheint endlos, wo sich das ganze Übel der Welt als Müll und Verschmutzung zeigt. Die Straße, die das Leben in einem nie endenden, doch flüchtigen Moment widerspiegelt, entblößt nun ihr grausames Gesicht. Die Wände der Häuser beschmiert mit den verlorenen Träumen der Leute, die keine Hoffnung mehr zu haben scheinen. Mülltonnen, die drohen, überzulaufen und solche, die es schon sind, mit den Abfällen, die für das stehen, was allgemein der Schmerz der Zeit zu sein scheint. Das Chaos hält hier seine Ordnung, denn alles, was es hier zu sehen gibt, ist nichts als die ach so traurige Wahrheit. Kriege hier, Krankheit dort und überall sonst Katastrophen so weit das Auge reicht. Mal ein Autowrack an der einen Ecke als Symbol für eine ausgeschlachtete Existenz, an einer anderen wiederum ein kleiner Müllberg, der für die Dinge steht, die auf der Strecke geblieben sind, in Vergessenheit geraten und nicht mehr von Belang. Die Fenster der Straße, die wohl die Augen zu sein scheinen, kaputt, verschlossen oder verdreckt. Trüb, ja trüb sind sie, genauso wie die Augen ihrer Bewohner. Denn wenn man blind für die Probleme ist und sie ignoriert, wird man auch blind für alle anderen Dinge. Weit verstreut liegen sie, die Kadaver, entweder schon tot oder kurz davor. Alle Möglichen sind hier und dort verendet, Junge, Alte, Kranke, Schwache, weiblich, männlich, ob Mensch, ob Tier: hier fällt ein jeder. Es kümmert niemanden, denn ein jeder hat nicht einmal genug Kräfte für sich selbst.

Dennis K.

Aufbruch

Ich such den Ausweg.

Hab ich ihn gefunden, den Ausweg?

Ist es Realität oder doch nur Spott?

Wenn nicht, danke ich dir, Gott.

Ich habs geschafft

und bin entkommen,

doch von der ganzen schlechten Zeit

etwas benommen.

Ich bin gefallen, doch wieder aufgestanden

ein Rückwärtssalto, präzise gelandet.

Ich begehe Fehler,

ja, ich bin ein Mensch,

doch einer, der mit

Höchstgeschwindigkeit

Richtung Besserung lenkt.

Und das hier widme ich

meiner Vergangenheit.

Verabschiede mich von ihr

mit hoher Wahrscheinlichkeit.

Salah D.

Mayonnaise

Bei einem Treffen der Gruppe wurden die Vorgaben für eine Geschichte erarbeitet, die bestimmte Elemente enthalten, ansonsten aber völlig frei erarbeitet werden sollte. Die Teilnehmer einigten sich auf je drei Personen, Ereignisse, Gegenstände und Emotionen. Vom Herausgeber wurde der Anfangs- und der Schlußsatz der Geschichte vorgegeben, nachdem die Begriffe feststanden – was angesichts der Tatsache, daß jeder im Kopf schon mit der Entwicklung seiner Story begonnen hatte, zu einiger Verwirrung führte, insbesondere wegen des ungewöhnlichen Schlußsatzes. Dennoch sind zwei interessante Erzählungen entstanden. Eine weitere, die des Herausgebers, würde den Rahmen dieser Veröffentlichung sprengen.

Schreibe eine Geschichte aus diesen Elementen:

Erster Satz: Die Morgensonne zeichnete abstrakte Muster auf die dreckverschmierte Scheibe seines Schlafzimmerfensters.

3 Personen:	eine schwangere Frau
	ein 30-jähriger Mann
	eine alte Frau
3 Gegenstände:	Streichholzschachtel
	Klavier
	Familienphoto
3 Gefühle:	Zorn, Liebe, Trauer
3 Ereignisse:	Autounfall
	Stromausfall
	Geburt

Letzter Satz: Eines war für ihn nach alledem klar: nie wieder Mayonnaise zum Ei!

Im Irak

Die Morgensonne zeichnete abstrakte Muster auf die dreckverschmierte Scheibe seines Schlafzimmerfensters und dunkle Streifen auf die weiße Bettdecke. Eric fuhr langsam mit seiner Hand darüber, als würde er versuchen, die Schatten einfach wegzuwischen. Dabei streichelte er schließlich den wundervollen, langsam kugelrund werdenden Bauch seiner Verlobten. Die zärtlichen Berührungen ihres Verlobten spürend, drehte sich Sarah zu ihm um und lächelte ihn an. Es war genau jenes Lächeln, das einem Verliebten das Herz erwärmt und ihn am Ziel aller seiner Bestrebungen und Wünsche wähnt. „Guten Morgen", sagte sie nur, dann schmiegte sie sich an ihn und schloss die Augen. Er strich ihr eine Haarsträhne aus ihrem wundervollen Gesicht und küsste ihre Stirn. „Morgen." Er versuchte, der Versuchung zu widerstehen, sich vorzustellen, wie es wäre, in diesem Moment einfach im Bett liegenzubleiben, indem er seine Beine aus dem Bett schwang und aufstand.

Jeden Morgen dasselbe Ritual: Zähneputzen, eine flüchtige Rasur, das Anschalten des Nachrichtenkanals und die Suche nach Essbarem im Kühlschrank. Während Eric nebenbei sein belegtes Brot für die Mittagspause schmierte, wurde auf CNN natürlich wieder über die prekäre Lage im Nahen Osten diskutiert. Der Islamische Staat war inzwischen nur noch wenige Kilometer vor Falludscha, der Stadt, die man von dem Schlafzimmerfenster aus sehen konnte.

Sarah und er hatten sich damals entschieden, anders als viele andere Mediziner nicht alles auf eine gewinnbringende Karriere in einem reichen, sicheren Land zu setzen, sondern ihre Ausbildung für jene zu nutzen, die sie wirklich brauchten. So kamen sie schließlich in den Irak und wurden, bis auf wenige Ausnahmen, freundlich empfangen.

Gerade wollte Eric wie üblich nach dem Ketchup greifen, der seinem Sandwich immer das „gewisse Etwas" verlieh, als er bemerkte, dass nur noch Mayonnaise zur Verfügung stand. „Besser als nichts", dachte sich Eric und beschmierte das Brot mit Mayonnaise. Inzwischen hatte auch Sarah sich angezogen, das obligatorische Kopftuch umgelegt und demonstrativ vor ihn gestellt. „Können wir?" „Ich hole nur noch eben meine Kamera", meinte Eric, „man weiß ja nie." Der Pulitzer-Preis neben der

Doktor-Urkunde würde sich zuhause in Boston recht gut machen.

Auf der Straße gab es viele Familien, die ihre wichtigsten Sachen schon zusammenpackten, sie aus den Fenstern schmissen, um sie unten aufzusammeln und auf einen Karren mit Esel oder in ein Auto zu laden, kreuz und quer liefen und sich immer lauter irgendwelche Dinge zuriefen. Wie ein Ameisenhaufen, dachte sich Eric, chaotisch und doch nicht ohne Sinn und Ziel. So war es während der gesamten Fahrt zum Krankenhaus. Verstopfte Straßen, schreiende Menschen und jede Menge Chaos. Kein Zweifel, der IS war nicht mehr weit entfernt.

Im Krankenhaus das gleiche Bild: Verwundete, kranke Menschen, die darum bettelten, aus der Stadt geschafft zu werden. Von Sarah und Eric als einzigen amerikanischen Staatsbürgern erwartete man jetzt ein Wunder, vielleicht das plötzliche Auftauchen der Blauhelme mit Panzern und Flugzeugen, eine perfekt organisierte Rettungsaktion mit Helikoptern und gepanzerten Transportern. „Sie werden kommen", hieß es von überall, „sie werden die Amerikaner hier nicht alleine lassen, und uns nehmen sie dann sicher auch mit." Doch alles, was sie von den heldenhaften Amerikanern zu sehen bekamen, war Eric, der das belegte Brot mit Genuss verschlang.

Kurze Zeit später kam Doktor El-Femri, eine alte, gut ausgebildete Ärztin, die es wie Sarah und Eric aus den USA hierher trieb. Allerdings war sie hier geboren und groß geworden und nur über ein Stipendium vom nahegelegenen Bagdad nach Chicago gekommen. Nun lehrte und operierte sie hier in Falludscha.

„Die irakischen Truppen habe ihre Stellungen verlassen und sind desertiert", berichtete sie. „Sie werden bald Falludscha verlassen haben und sich, angeblich dem Befehl irgendeines Generals folgend, um Bagdad neu formieren." Im Krankenhaus brach nun Panik aus. Die Patienten rannten, humpelten und quälten sich zum Ausgang, wo schon die ersten Militärfahrzeuge Richtung Südosten fuhren. „Das kann einfach nicht wahr sein", meinte Sarah, sich Dr. El-Femri zuwendend. „Wie viel Zeit haben wir noch, bis der IS kommt?" „Ein paar Stunden", war die ernüchternde Antwort. „Vielleicht weniger." Auf der Straße gab es ein lautes Krachen. Eric rannte zum Ausgang. „Das müsst ihr euch ansehen", schrie er zu Sarah und der alten Ärztin.

Auf der Hauptstraße, die eigentlich die einzige war, die nach Bagdad führte, waren zwei Truppentransporter aufeinandergeprallt und blockierten nun die Straße. Überall stiegen die Iraker aus ihren Fahrzeugen, um zu sehen, was passiert war, fluchten und schimpften und sahen schließlich mit sorgenzerfurchtem Gesicht hinter sich. Der IS würde bald hier sein, dachten jetzt alle. Was tun? „Wir müssen so schnell wir möglich unsere Sachen holen", sagte Eric plötzlich. „Und dann nichts wie weg." „Und unsere Patienten?" Sarah zeigte hinter sich. „Was ist mit denen?" „Welche Patienten?" Eric deutete auf die ungefähr hundert mit Krankenhauskitteln bekleideten Menschen, die neben den Soldaten wegliefen.

Plötzlich ertönte ein grelles Pfeifen. Wie von einem Donnerschlag getroffen, stürzte die gegenüberliegende Fassade ein. Eine ganze Familie, Vater, Mutter und vier kleine Kinder, wurde von Steinen und Schutt bei lebendigem Leibe begraben. Schockierenderweise sah Eric plötzlich seine Familie unter dem Schutt. In seinen Gedanken vermischten sich die Bilder der begrabenen arabischen Familie mit der seinen, und, von dem Schock wie gelähmt, brauchte er eine Weile, um das Familienphoto aus seiner Tasche zu holen, als wollte er sich vergewissern, dass sie zu dem Zeitpunkt wohlbehalten in Amerika war.

Ein Klavier, das in der obersten Etage stand, schwankte zunächst, bevor es herabfiel und mit einem lauten Knall auf einem Panzer zerbarst. Durch die Explosion brach plötzlich das Stromnetz zusammen. Nur noch das Tageslicht erhellte nun den Krankenhausgang. „Sie haben für so etwas keine Zeit mehr", schrie die alte Ärztin, da der Aufprall der Granate ihr Gehör betäubt hatte. „Folgen Sie mir, schnell!" Damit wandte sie sich wieder dem langen Krankenhausflur zu und rannte, so schnell sie konnte, hinein. Eric und Sarah blickten noch auf die Straße. Sie konnten nicht glauben, was sie eben gesehen hatten. Voll Trauer und Entsetzen stolperten sie langsam zurück in das Krankenhaus. Schritt für Schritt wurde das abscheuliche Bild des Krieges kleiner, dann fiel die Krankenhaustür zu und schottete sie ab von all dem Elend. Dann liefen sie Dr. El-Femri hinterher.

Auf dem Weg stach es Eric plötzlich im Bauch. Mit einem unterdrückten Stöhnen krümmte er sich und blieb stehen. Als Sarah sich zu ihm umdrehte, hob er beruhigend die Hand und murmelte ein „Schon gut, alle okay", dann ging es weiter. Sie folgten Dr. El-Femri in das Treppenhaus und von da aus in den Keller. Auf dem Geländerende standen eine Öllampe und eine Streichholzschachtel. Sie brauchten fast die gesamte Schachtel, um die verrostete Funzel ein letztes Mal zum Leuchten zu bringen. Sarah kamen schon Zweifel, ob die gutherzige Alte nicht doch mit dem IS paktierte und Eric und sie hier unten gefangenhalten wollte, als sie vor einem Wandteppich Halt machten.

„Das ist ein Tunnel Richtung Bagdad." Stolz wies die Ärztin auf den Teppich. „Das ist ein Wandteppich", erwiderte Eric. „Nichts für ungut, aber deshalb habt ihr auch den Irakkrieg verloren." Damit riss sie den Wandteppich herunter und machte dadurch einen Tunneleingang sichtbar. „Beeilen Sie sich, Sie haben nicht mehr viel Zeit!"

Jetzt hörte man das dumpfe Aufschlagen mehrerer Granaten in der Gegend, das leise Echo eines Schreis, das angestrengte Ächzen der Kellerdecke.

„Was ist mit Ihnen, kommen Sie nicht mit?", fragte Sarah die Ärztin. Wieder Aufschläge, Schreie. „Ich bleibe. Ich könnte mir vorstellen, dass die vom IS Ärzte gebrauchen können. Außerdem werden nicht alle rechtzeitig fliehen können. Ich muss mich um sie kümmern, das ist meine Pflicht." Sarah und Eric umarmten die alte Frau noch einmal, machten ein gemeinsames Photo und versprachen sich, auf irgendwelchen Wegen unbedingt Kontakt zu halten und dass sie sich wiedersehen würden. Dann verschwanden sie mit der Öllampe im Tunnel und Dr. El-Femri blieb in der Dunkelheit zurück.

In dem Tunnel musste sich Eric immer wieder zusammenreißen, die Bauchschmerzen brachten ihn förmlich um. Dass Sarah ihn damit verspottete, in dem sie sagte: „Und ich dachte, ich bekomme das Baby", half ihm kein bisschen.

Der Tunnel führte mitten ins Nirgendwo. Als die beiden sich umdrehten, sahen sie die dichten Rauchschwaden über dem, was einmal Falludscha war. Rückblickend war es wie ein Wunder. Ein Helikopter näherte sich den beiden, umnkreiste sie erst von oben und landete dann direkt neben ihnen. „Sind Sie die beiden amerikanischen Ärzte?", schrie ein Soldat. Sarah und Eric konnten nur nicken.

Als der Helikopter abhob und über Falludscha hinwegflog, schlug Eric plötzlich gegen die Helikopterwand. „Fuck!" Er rief dem Piloten zu: "Wir müssen ihnen helfen!" Der Soldat neben ihnen antwortete nur gelangweilt: „Ist nicht unser Job." Dann schob er sich genüsslich einen Kaugummi in den Mund. Nur die stechenden Bauchschmerzen verhinderten, dass Eric in diesem Moment seiner Wut nachgab.

Auf der Militärbasis in Saudi-Arabien mussten die Sanitäter Eric ersteinmal den Magen auspumpen. Ein arabischer Arzt sah ihn kopfschüttelnd an. „Mayonnaise und Ei bei dieser Hitze? Auf was für Ideen ihr Amerikaner immer kommt..."

Zurück in Boston bekamen die beiden ein paar Monate später ein Mädchen, welches sie Fatima nannten, nach der alten und wahrscheinlich einzigen Ärztin von Falludscha, mit der sie, Gott sei Dank, immer noch Kontakt per Skype hatten.

Doch eines war für Eric nach alledem klar: nie wieder Mayonnaise zum Ei.

Tristan

Wiedergefunden

Die Morgensonne zeichnete abstrakte Muster auf die dreckverschmierte Scheibe seines Schlafzimmerfensters. Einige Sonnenstrahlen trafen ihn direkt ins Gesicht, wodurch er langsam aber sicher die Augen öffnete und somit nun ein neuer Tag für ihn begann. Er stand auf, begab sich ins Badezimmer, um sich das Gesicht zu waschen, putzte sich anschließend die Zähne und stellte sich schließlich unter die Dusche für einen guten und entspannten Start in den Tag. Nach dem Abtrocknen und Anziehen ging er mit seinem Kaffeebecher auf den Balkon seines wunderschönen, selbst hergerichteten Hauses in der wohlhabenden Gegen Berlin-Grunewalds, um sich ein Bild vom Wetter, dem Verkehr und den Menschen zu machen. Frank, ein dreißigjähriger Mann, sah nicht nur gut aus, er hatte auch sein Studium zum Bauingenieur mit Bravour gemeistert. An diesem Tag gab es nicht viel Arbeit für Frank, der sein eigener Chef war und seinen Arbeitsplatz im Untergeschoss seines eigenen Hauses hatte. Nach der kleinen Ausschau vom Balkon auf die Straße hinaus ging er in den Flur, wo seine Schuhe standen. Er zog sie an, um noch ein paar Einkäufe zu erledigen. Er wollte ein Geschenk für die schwangere Frau seines besten Freundes Jeff besorgen, denn in den nächsten 48 Stunden sollte die Geburt hoffentlich gut und positiv ablaufen. Er ging also zu einem Babygeschäft und schaute sich um. Im Geschäft lief eine alte Frau an ihm vorbei, geradeaus zur Kasse. Sie wirkte etwas mysteriös auf ihn, kam ihm aber auch bekannt vor. Ihre Blicke trafen sich und plötzlich sprang die Frau in die Höhe und fing zu schreien an. Zorn, Trauer und seltsamerweise auch etwas wie Liebe mischten sich in ihrem Gesicht, als Frank versuchte, sie zu beruhigen und herauszufinden, was los war. Die Frau konnte kaum sprechen, so aufgeregt war sie. Genau in dem Moment, als sie wieder zur Vernunft kam und man sie wieder verstehen konnte, gingen alle Lichter aus, die Musik fiel aus und die Kassen funktionierten nicht mehr. Der Grund? Ein Stromausfall.

Frank und die alte Frau gingen nach draußen und unterhielten sich vor dem Geschäft. Die Dame holte eine Zigarette und eine Streichholzschachtel aus ihrer Tasche und zündete die Zigarette an. Sie versuchten, ihr Gespräch fortzuführen. Als er sie auf ihre Reaktion im Geschäft ansprach, lieferte sie ihm eine erstaunliche, aber plausible Erklärung, die er nie vergessen würde und die sein Leben ändern sollte. Mit sanfter Stimme machte sie ihm klar, dass sie die Mutter seiner Mutter und er damit ihr Enkel sei. Er sah sie verblüfft an und wollte sie unterbrechen, sie bat ihn aber, aussprechen zu dürfen. Sie erzählte ihm von einem Autounfall, damals war er sechs Jahre alt und kam mit schweren Verletzungen davon. Seine Eltern aber überlebten leider nicht. In der Tat gab es einen Autounfall, Frank aber fehlten die Erinnerungen. Also bat er seine vermeintliche Großmutter, fortzufahren. Sie berichtete von einem Ausflug zum See, von dem sie selbst erst nach dem Unfall erfuhr. Nach dem Planschen und Schwimmen machten sie sich auf den Heimweg. Frank bat seinen Vater, ihm die Mayonnaise zu reichen, die er zum Ei essen wollte. Als ihm sein Vater die Mayo reichte, verlor er die Kontrolle über das Steuer. Es gab vier Verletzte und zwei Tote. Frank war einer der Verletzten, die beiden Toten seine Eltern. Nach dem tragischen Unfall bekam seine Großmutter das Sorgerecht und nahm ihn liebevoll bei sich auf. Neun Jahre später musste sie zu einer ärztlichen Behandlung nach Amerika fliegen, jedoch durfte sie Frank nicht mitnehmen. Weil der Termin für sie so wichtig war, gab ihr Frank den letzten Ruck und versicherte ihr, alles werde gut gehen und sie würden wieder zueinander finden.

Eineinhalb Jahre blieb sie in Amerika, weil der Eingriff in ihrem Gehirn doch etwas anders verlief, als geplant war. In dieser Zeit war Frank in einem Heim untergebracht worden und er hatte die Hoffnung längst aufgegeben, seine Oma wiederzusehen. Wieder in Deutschland angekommen, kämpfte die Großmutter darum, ihren Enkel wiederzusehen, jedoch ohne Erfolg. Zwei Jahre suchte sie nach ihm, doch letztendlich gab sie die Suche auf und dachte, dass Frank nichts mehr von ihr wissen wolle. Jetzt, 14 Jahre später, konnte sie ihren Augen kaum glauben. Das war der Tag der Tage, endlich hatte sie ihren Franki wieder. Auch bei Frank schienen die Erinnerungen wieder hochzukommen, und plötzlich konnte er das Gesicht dieser vermeintlichen Großmutter einer der Frauen auf dem Familienfoto über seinem Klavier zuordnen. Schnell verdaute er die vielen neuen Eindrücke, und die beiden hatten sich wiedergefunden. Sie quatschten einander die Ohren voll, erledigten ihre Einkäufe zusammen und wollten einander am liebsten nie wieder loslassen. Am Abend tauschten sie die Nummern aus und gingen nach Hause. Frank war sehr glücklich und seine Großmutter auch. Müde zuhause angekommen war Frank wie in einer Wolke aus Glücksgefühlen und konnte es immer noch kaum fassen. Aber eines war für ihn nach alledem klar: nie wieder Mayonnaise zum Ei.

Salah D.

Das Haus meiner Kindheit

Nach der Arbeit an einer Strophe zum Lied „Gute Seele" war dieser Komplex ebenfalls der Biographiearbeit gewidmet. Die Relevanz der Vergangenheit für die Gegenwart und Zukunft der Teilnehmer sollte deutlich werden, positive wie negative Kindheitserlebnisse erinnert und erzählt sowie im Austausch in der Gruppe verarbeitet werden. Medium für diesen Vorgang war das Haus, die Wohnung bzw. das Zimmer, in dem die Teilnehmer einen wesentlichen Teil ihrer Kindheit verbrachten. Dabei war nicht entscheidend, wie lange diese Unterkunft sie beherbergte.

Für die Umsetzung erhielten die Autoren folgende Aufgabenstellung:

1. Erinnere Dich!

2. Beschreibe das Haus, die Wohnung oder das Zimmer! Was hast Du besonders gern gehabt, was hat Dich gestört?

3. Erzähle von Deinen Erinnerungen! Wie war das damals? Was hast Du dort erlebt, wie hast Du dort gespielt, gelernt, getobt, geweint, mit wem warst Du dort?

Das Zimmer meiner Kindheit

Wenn ich mal nachts auf die Toilette musste, blieb mir keine andere Wahl, als durch den dunklen Flur die Treppen runterzulaufen. Oben gab es eigentlich auch eine Toilette, jedoch hätte ich da durch das Zimmer meines Bruders gehen müssen. Hätte ich das getan, hätte er von draußen die Tür mit einem Stuhl zugehalten und das Badezimmerlicht von außen ausgeschaltet. Deswegen war mir der Weg durch den Flur lieber, obwohl mich mein Bruder gewarnt hatte, dass dort nachts ein Monster lauert und kleine Kinder frisst. Manchmal war es mir sogar lieber, ins Bett zu pinkeln.

Ich war gerade mal fünf Jahre alt und mein Bruder ganze zwölf Jahre älter. Wir wohnten mit unseren Eltern in der Nähe von Frankfurt in einem Einfamilienhaus. In der Nachbarschaft wohnten meine zwei besten Freunde, Daniel und Tugay. Daniel kam mit seiner Schwester und seinen Eltern aus Kasachstan nach Deutschland. Tugay kam mit seiner ganzen Familie aus der Türkei. Wir spielten jeden Tag im Garten die verschiedensten Spiele und trieben viel Unsinn. Unsere Väter unterhielten sich nach der Arbeit immer auf der Veranda über Fußball, Politik und deren Geschäfte. Was ich aber am meisten geliebt habe, war, wenn es anfing zu dämmern und der Geruch von leckerem Essen aus den Fenstern der Küchen unserer Mütter kam. Wenn sie uns rein riefen, verabschiedeten wir uns. Manchmal durfte ich bei Tugay oder Daniel essen, oder beide kamen zum Essen zu uns.

Ich habe dieses Haus mit seinen Stärken und Schwächen geliebt. Doch das einzige, was mir heute davon bleibt, ist die Erinnerung.

Mein Zimmer war relativ groß für einen kleinen Jungen. Ich hatte ein Hochbett, einen Fernseher, zwei Schränke und sehr viele Spielzeuge. Ansonsten kann ich mich kaum an mein altes Zimmer erinnern.

Roy T.

Das Haus meiner Kindheit

Ich habe in einem Haus in einem kleinen Ort namens Woltwiesche gewohnt und bin dort aufgewachsen bis ich neun war. Unser Haus stand direkt neben dem Haus meiner Oma. Unser Haus war weiß und hatte 14 Räume, einschließlich Küche, Bad und Fluren. Mein Bruder und ich sowie meine beiden Schwestern hatten jeweils ein gemeinsames Zimmer. Wir hatten ein Doppelstockbett, einen Gamecube, eine Playstation 2, Super nintendo n64 und eine XBOX als Spielkonsolen. Außerdem hatten wir einen Schreibtisch mit einem Computer sowie einen großen Schrank und einen Kickertisch. In diesem Haus lebten wir Kinder mit unseren Eltern. Wir hatten eine große Werkstatt plus Garage und einen riesengroßen Garten. Im Sommer haben wir sehr viel draußen gespielt. Wir waren im Wald, im Schwimmbad und hatten alles, was wir brauchten.

An meine Kindheit habe ich viele schöne Erinnerungen, zum Beispiel als mein Bruder und ich die XBOX bekommen haben, haben wir die ganze Nacht hindurch ein Horrorspiel, das ab 18 Jahren freigegeben war, gespielt. Schön war es auch, wenn mein Vater mit uns mit dem

Motorrad mit Beiwagen gefahren ist oder wenn zu Weihnachten die ganze Familie zusammengekommen ist.

Wir haben auch öfter im Garten bei uns gezeltet. Dabei war Kyra bei uns, hat mit uns gekuschelt und auf uns aufgepasst. Kyra war unser Schäferhund. Wir haben oft mit unseren Softairs gespielt und im Winter Schneeballschlachten mit meinem Vater gemacht.

Es gab aber auch weniger schöne Dinge, zum Beispiel als mein Vater anfing, mich zu schlagen oder als meine Großeltern aus Sachsen-Anhalt gestorben sind. Es war mal so und mal so.

Unser Zimmer hatte einen riesengroßen Teppich mit Stadtmotiven für Spielzeugautos. Einmal hat mir mein Lieblingsonkel aus Sachsen-Anhalt zum Geburtstag einen Spielzeugroboter geschenkt, das war mein Lieblingsspielzeug.

Mitbewohner in unserem Zimmer war Knautschie. Knautschie war mein allererstes Kuscheltier, er war ein violetter Elefant, hatte einen grün-gelb-violetten Rüssel und eine grüne Hose, auf der Palmen waren. An der Seite stand sein Name: Knautschie. Knautschie kam gleich nach meiner Geburt zu mir. Er ist jetzt schon 24 Jahre alt und lebt immer noch. Schon meine große Schwester sollte Knautschie zu ihrer Geburt bekommen, hatte aber Angst vor ihm und wollte ihn nicht haben. So habe ich ihn bei meiner Geburt am 17. September 1995 bekommen und habe ihn sofort über alles geliebt.

Knautschie war immer bei mir, egal, ob im Kindergarten oder im Urlaub. Als ich dann in die Schule kam, habe ich ihn natürlich nicht mehr mitgenommen, aber wenn wir in den Urlaub fuhren, war er wieder dabei. Als ich etwa fünf Jahre alt war, habe ich einmal mit Knautschie draußen gespielt. Meine große Schwester kam mit unserem

Hund Kyra in den Garten und hat mit ihr Ball gespielt. Aber Kyra hat sich mehr für Knautschie interessiert als für den Fußball, was zur Folge hatte, dass Kyra meinen Knautschie hin und her geschleudert und ihm einen großen Riss am Rüssel verpasst hat. Nach einer Not-OP mit Nadel und Faden meiner Mutter und einer Tour durch die Waschmaschine war Knautschie wieder so gut wie neu.

Ich habe mit Knautschie viel erlebt: das Zelten im Garten, Motorradfahren und meinen ersten Urlaub. Er war aber auch da, als es mir nicht gut ging, zum Beispiel, als meine Oma und mein Opa gestorben sind. Schlimm war es für mich, als Knautschie einmal einfach verschwunden ist. Zum Glück hat er sich aber nach zweitägiger Suche unter meinem Bett wieder angefunden. Heute versucht meine Mutter, Knautschie meiner Nichte ans Herz zu legen, was mich am Anfang sehr gestört hat. Mittlerweile finde ich es aber nicht mehr ganz so schlimm, da er, wenn sie sich an ihn gewöhnt hat, wenigstens in der Familie bleibt.

Toll war es, wenn wir uns einen großen Tisch ins Zimmer stellten und mit vier Bänken eine riesengroße Höhle in unser Zimmer gebaut haben. Was gestört hat, war, dass unser Zimmer direkt an der Straße lag und wir dadurch manchmal nachts nicht schlafen konnten.

Einer meiner Lieblingsmomente war, als wir einen Hamster bekommen haben. Wir nannten ihn liebevoll Sternchen, weil er einen Fleck auf der Stirn hatte, der wie ein Stern aussah.

Irgendwann ist Kyra gestorben, da war ich übertrieben traurig und musste deshalb auch für eine ganze Woche nicht in die Schule. Fast genauso traurig war ich, als mein Bruder weit weg in ein Sprachheilinternat gebracht wurde, weil er eine Sprachstörung hatte. Aber wir haben ihn dort sehr oft besucht.

Sehr belastend war, dass mein Vater mich immer öfter geschlagen hat. Irgendwann war es so weit, dass meine Mutter uns Kinder genommen hat, mit uns nach Sachsen-Anhalt gezogen ist und sich von meinem Vater hat scheiden lassen. Aber da war ich auch schon 13. Meine Kindheit war dadurch für mich vorbei und der Ernst des Lebens begann.

Alexander Oe.

Kinderhaus

Meine ersten guten Erinnerungen beginnen erst hier und hier habe ich mich das erste Mal wohlgefühlt.

Als ich neun Jahre alt war, kamen meine Mutter und die Heimleiterin zu mir und haben mich zum „Eis essen" eingeladen. Doch ich wusste nicht, dass das nur ein Trick war, um mich in ein anderes Heim zu schicken.

Wir sind mit dem Auto losgefahren und nach drei Eisläden und 30 Minuten Autofahrt wurde mir dann klar, dass wir kein Eis essen würden. Ich überlegte während der ganzen Fahrt, was jetzt wohl passiert und was ich schon wieder falsch gemacht haben sollte. Ich wollte aber nicht fragen und blieb die ganze Fahrt lang still und in Gedanken versunken.

Als wir ankamen, habe ich natürlich alles in Augenschein genommen. Auf den ersten Blick gefiel mir das Haus auf jeden Fall. Nur, dass es so weit von meinen Eltern weg sein würde, machte mir Sorgen, denn, obwohl meine Eltern mich nicht wollten und mich fast täglich grundlos verprügelt haben, wusste ich, sie würden mir fehlen.

Wir stiegen aus und die dortigen Heimleiter kamen auf uns zu mit einem schwarzen Hund, der Sunny hieß und der Tochter der Heimleiter gehörte. Wir verstanden uns sofort und ich habe Sunny sofort in mein Herz geschlossen. Ich spielte mit Sunny, die unermüdlich war, streichelte sie und kuschelte mit ihr, während meine Mutter und die anderen im Gespräch waren. Nach knapp einer Stunde kam meine Mutter zu mir, um sich zu verabschieden. Ich nahm sie kurz in den Arm und ließ sie mir nicht einmal einen Abschiedskuss geben, weil ich gegen meine aufsteigenden Tränen ankämpfen musste. Wenn ich eins hasse, ist es, Gefühle zu zeigen.

Als meine Mutter dann weg war, wurde ich durch Haus und Hof geführt und mir wurden dabei die Regeln des Heims erklärt. An meiner Seite: Sunny, die ganze Zeit! Am Ende der Führung wurde mir mein Zimmer gezeigt und die ersten Worte, die ich seit der Fahrt herausbrachte, waren: „Darf Sunny mit?" Und, ja, sie durfte, zum Glück.

Das Zimmer war schön, es war groß, schön eingerichtet, Lustige Taschenbücher, früher meine Lieblingsbücher, waren zuhauf in den Regalen, und als ich in den Schrank geschaut habe, standen da zwei Reisetaschen mit meinen Klamotten, die ich gleich auspackte. Der Tag war ja noch jung und ich wollte niemanden sehen und brauchte Ablenkung. Das Zimmer war Klasse für mich. Ich war allein, hatte ein sehr großes Bett mit vielen Kissen und mein eigenes Bad, so dass ich wirklich den ganzen Tag im Zimmer bleiben konnte.

Nachdem ich alles genau inspiziert hatte und mit allem fertig war, habe ich mich mit Sunny in mein Bett gelegt und ihr laut aus den Taschenbüchern vorgelesen. Ich glaube, manchmal hat sie sogar etwas verstanden, weil sie mir an witzigen Stellen immer das Gesicht abgeleckt hat. Mittlerweile war es schon dunkel draußen und ich habe das Abendbrot verpasst, wollte ja aber auch nicht. Auf jeden Fall klopfte es später noch an meiner Tür und als ich aufmachte, standen da Zoe, die Tochter des Heimleiters und später meine unzertrennliche Freundin, und Nuri, mein späterer bester Freund, mit Süßigkeiten und Spielzeug für mich. Ich ließ sie in mein Zimmer und wir haben uns kennengelernt, Süßigkeiten gegessen und die ganze Nacht durchgequatscht, bis wir alle auf dem Boden aneinandergekuschelt mit Sunny eingeschlafen sind.

Wir verstanden uns von Anfang an richtig gut und wurden unzertrennlich. Wir haben alles gemeinsam gemacht und vor allem zusammengehalten, denn weil Nuri und ich die Kleinsten dort waren, mussten wir uns immer wieder beweisen und durchsetzen. Und zusammen waren wir einfach stark genug dafür. Nach kurzer Zeit wussten alle, dass, wenn sie irgendetwas bei einem von uns machen, es doppelt zurückkommt. Noch heute erzählt man sich dort von uns gute wie auch schlechte Sachen. Wir haben eine Scheune abgebrannt, ein Wildschwein erschlagen, Frösche aufgepustet, Böller im Haus gezündet und alle in den Wahnsinn getrieben. Aber wir haben auch einen Fußballplatz gebaut, ein Baumhaus, einen Pool, einen Fahrradschuppen und noch viele andere Sachen.

Durch unsere Art haben wir alle in den Wahnsinn getrieben, aber auch gleichermaßen alle verzaubert, weshalb sie uns nie vergessen haben. Als Marc hierher kam, hat er mir erzählt, dass er da auch ein paar Monate war und sie ihm von uns erzählt haben. Besonders Zoe und Gabi, die Köchin, haben uns geliebt, wie auch Dieter, der Hauslehrer, der uns immer heimlich Süßigkeiten beim Lernen gegeben hat, und auch Conny, die Chefin. Durch diese Leute habe ich mich mit zehn Jahren das erste Mal in meinem Leben wohl und „wie zuhause" gefühlt.

Eine beste Erinnerung an diese Zeit habe ich nicht, denn es gab zu viele gute. Denn Nuri und ich haben mit Zoe dort in einer anderen Welt gelebt. Wir haben uns das ganze Schlechte, was da ist und war, schön gemacht und Sachen erlebt, die das ganze Schlechte vergessen machten.

Meine Schlimmste Erinnerung war, als Nuri sich nachts in mein Zimmer geschlichen hat und mir etwas erzählt hat, das sofort tausend Aggressionen ausgelöst hat. Danach saßen wir die ganze Nacht zusammen und haben Pläne geschmiedet, was wir dagegen tun würden.

Am nächsten Morgen haben wir vor allen den Betreuer, der seit drei Tagen dort arbeitete, angegriffen und so lange geschlagen, getreten, beleidigt und bespuckt, bis er uns auch geschlagen hat. Alle haben es gesehen, wie ein erwachsener Betreuer zwei Kinder mit der Faust geschlagen hat. Für mich und Nuri war es Gewohnheit von unseren Eltern, aber wir wollten es dieses Mal. Unser Plan ging auf. Er musste gehen und darf seit diesem Tag nicht mehr mit Kindern arbeiten. Wir haben zwar auch ordentlich Ärger bekommen, aber das war es wert. Bis heute weiß niemand, warum wir das getan haben und das wird so bleiben, denn ich habe es Nuri versprochen und ich nehme das mit ins Grab.

Tobias V.

Die Wohnung meiner Kindheit

Unser Haus war Teil einer Wohnsiedlung, die während des zweiten Weltkriegs entstand und für Arbeiter der

Boschwerke gedacht war. In der langen Siedlung war unser Block der erste, hatte drei Aufgänge und in jeder der zwei Etagen drei Wohnungen. Ich war schon lange in der Schule, als ein Teil des Dachbodens, der als Abstellraum und Trockenboden diente, zu einer Wohnung ausgebaut wurde. Unsere Wohnung war überschaubar, 52 Quadratmeter mit einer nicht zu großen Wohnküche und einem sowie zwei sogenannten halben Zimmern. Das Bad, das vom winzigen Flur ausging, hatte ein kleines Fenster, vor dem die Toilette stand. Eine Wanne gab es nicht, dafür war im Fußboden ein Duschbecken eingelassen. Wenn nicht geduscht wurde, glich ein selbstgebauter, zweiteiliger Lattenrost den Unterschied zwischen Duschbecken und dem restlichen Boden aus. Darauf stand man, wenn man sich an dem kleinen Waschbecken wusch und die Zähne putzte. So klein das Bad war, hatte doch eine kleine Trommelwaschmaschine und sogar eine kleine Wäscheschleuder Platz. Zum Duschen mußte allerdings neben dem Rost auch die Schleuder auf den Flur gestellt werden, bevor man sich unter dem an einem verchromten, schwenkbaren und einem Kran nicht unähnlichen Rohr hängenden Duschkopf reinigte.

Vom Flur aus ging es in die Küche, in deren Mitte ein großer Eßtisch stand. An jeder Seite war gerade genug Platz, um auf einem Stuhl zu sitzen. Man hatte an diesem Tisch sitzend entweder den Küchenschrank, die Spüle oder den Kühlschrank im Rücken. Gekocht wurde auf einem Gasherd, neben dem ein kohlebeheizter Beistellherd mit gußeiserner Kochplatte stand. Dieser wurde aber nur bei großer Kälte geheizt.

Mit Kohle wurde natürlich die ganze Wohnung beheizt. Die Zimmer lagen hintereinander, seit in meiner frühesten Kindheit eine Wand versetzt wurde, wodurch die Küche an Raum verlor, eines der halben Zimmer aber zu einem einigermaßen brauchbaren Raum wurde. Im

Laufe der Jahre waren alle drei Räume irgendwann einmal „mein" Zimmer. Vor dem Versetzen der Wand teilte ich mir das eine halbe Zimmer mit meinen beiden älteren Geschwistern. Zu meinen ältesten Erinnerungen gehört die Anordnung mit querstehendem Doppelstockbett und meinem Kinderbett. Für meine zehn und elf Jahre älteren Geschwister kann das nicht der ganz große Traum gewesen sein. Als die Wand versetzt war, wurde das an die Küche anschließende Durchgangszimmer zum Wohnzimmer. Der hochglanzpolierte Birkenholzschrank mit Glasteil steht noch heute bei meiner Mutter, auf der zugehörigen Anrichte stand der Fernseher. Schwarzweiß, versteht sich, mit einem Konverter und einer Zimmerantenne für das zweite Programm. Die Anrichte stand günstig, denn vom zweiten, dem ursprünglich größer gebauten Zimmer aus, konnte ich abends durch das Schlüsselloch noch etwas fernsehen. Daß ich dabei vorsichtig sein mußte und gegebenenfalls beim leisesten Geräusch in mein Bett sprang, um nicht erwischt zu werden, versteht sich von selbst.

Das Bett war das alte, wohl von meinem Vater selbst gebaute Doppelstockbett. Ich schlief oben, mein Bruder unten, meine Schwester hatte ein eigenes Zimmer in der Wohnung meiner Oma, die irgendwann einmal in unser Haus in eine kleine Wohnung mit Stube und Küche gezogen war. Das Angebot an Postern war in der DDR bescheiden, so daß Tierbilder über meinem Bett hingen. Im Zimmer stand ein Schreibtisch, ebenfalls von meinem Vater gebaut oder wenigstens umgebaut, und seine große Nähmaschine. Wenn er dazu kam, etwas zu nähen, war es besser, sich aus dem Zimmer zu verkrümeln. Mein Vater nähte ungern, obwohl es sein ursprünglicher Beruf war. Wenn er doch einmal nähte, dann mit vollendeter Perfektion, die aber mit Schimpfattacken erkauft war. Allerdings ließ er seinen Ärger nicht an uns aus, er fluchte an der

Nähmaschine vor sich hin, über schiefe Nahtansätze, gerissene Fäden, abgebrochene Nadeln.

Als Ofen diente lange Zeit ein richtiger Kachelofen, durchgehend vom Wohnzimmer und von dort her beheizt. Eine Wärmeröhre war wie üblich eingebaut und man konnte oben auf dem Ofen sitzen, wenn man den Kopf unter der Zimmerdecke einzog. Mein Bruder tat das manchmal, ich machte es ihm nach. Unsere Mutter durfte nichts davon mitbekommen, denn die gekachelte Decke des Ofens knackte oft bedenklich, wenn man darauf saß. In diesem Zimmer spielte ich, allein oder mit Schulfreunden, die manchmal kamen, vor allem aber las ich viel. Dazu ging ich aber auch oft ins Wohnzimmer, lag auf der Erde und vertiefte mich in meine Bücher oder Comics. Comics? Jawohl, von einem Cousin aus Köln und meinem Schwager hatte ich eine Reihe alter Comichefte, vor allem Fix & Foxi. Meine Favoriten waren aber die Mosaik-Hefte, am liebsten die von Hannes Hegen, denen ich neben unserem Lexikon tatsächlich einen guten Teil meiner frühen Allgemeinbildung verdankte und die von Welten erzählten, die uns im Osten auf Dauer verschlossen zu sein schienen.

Als mein Bruder ausgezogen und ich abends oft länger unterwegs war, nutzten wir die Gelegenheit, bei einer Renovierung die Zimmer zu tauschen. Ich bekam das vordere Durchgangszimmer als mein Jugendzimmer. Das letzte, halbe Zimmer blieb lange das elterliche Schlafzimmer, bis ich dort einzog und so mein eigenes, enges aber abgeschlossenes Reich hatte. Das war dann aber schon in der Zeit des Abiturs und des Grundwehrdienstes.

Rin

Wildlife!

Diese vier Wände gehörten zwar nur zu einem Zimmer, aber es war das erste in meiner Heimzeit, das ich mir nicht mit einem Mitbewohner teilen musste. Yippieh!

Wenn man die Tür öffnete, kam es einem so vor, als ginge man auf eine kleine Safari. Die Decke war wolkenweiß, der Fußboden war aus dunklem Holzparkett. Die Farbe der Wände war ein helles Moosgrün. Am ganzen Bett entlang befand sich eine Leiste, an der mehrere Bambusstöcke befestigt waren. Das sah dann so aus, als wenn man durch ein Dickicht wandern würde. An den Wänden hingen diverse Tierfotos. So hatte man z.B. das Gefühl, als ob man von einem Rudel Löwen beobachtet oder von einer Hyäne als nächster Snack auserkoren würde. Oder als ließe man sich von den Nilpferden und Krokodilen zum Schwimmen einladen.

Dennis K.

Admiral Wohnung

Die Wohnung befindet sich an einem der Brennpunkte von Berlin, direkt am U-Bahnhof Kottbusser Tor in der Admiralstraße 34. Eine Gegend mit vielen Einwohnern aus den verschiedensten Kulturen. Dort wohnte ich mit meinen vier Geschwistern und meinen Eltern, alle zusammen und immer für einander da. Die Wohnung war groß, ehrlich gesagt, zu groß für unsere damaligen Verhältnisse. Fünf Zimmer, ohne das Wohnzimmer gerechnet, zwei Bäder und eine Küche. Eine genaue Quadratmetergröße kann ich nicht mehr angeben.

Mein Bruder hatte ein Zimmer für sich allein, ebenso wie ich. Meine älteste Schwester hatte ein Zimmer für sich allein und meine beiden anderen Schwestern teilten sich ein Zimmer, genauso wie meine Eltern, die sich auch eins teilten. Die Wohnung habe ich mit verschiedensten Emotionen erlebt. Es gab traurige, schöne und langweilige Moment, aber auch harte Schicksalsschläge. Doch die meiste Zeit verbrachte ich auf dem Spielplatz vor meinem Balkon mit den anderen Kindern aus der Nachbarschaft. Mein Zimmer war ganz kinderfreundlich eingerichtet, ein Bett, das aussah wie ein Rennauto, ein Kleiderschrank, einige Spielsachen und ein alter Fernseher, woran eine Playstation 1 angeschlossen war. Einmal habe ich unerlaubt das Spiel von meinem Bruder gespielt, bei dem ich Zombies abballern musste. Heimlich habe ich das mit meinen sechs Jahren eine ganze Woche durchgezogen. Plötzlich hatte ich dann eines Nachts einen Albtraum. Mitten in der Nacht hat dann m,eine Mutter verstört herausgefunden, dass ich das Spiel gespielt hatte. Somit habe ich doppelt Ärger bekommen, einmal für das Wecken in der Nacht und einmal wegen des Spiels. Mein Bruder hat natürlich auch einen Anschiss bekommen und dadurch habe ich ein drittes Mal Ärger bekommen. Aber all das waren trotzdem schöne Zeiten.

Wir haben etwa elf Jahre in der Wohnung gelebt, bis mein Vater sich entschlossen hat, umzuziehen, weil er der Meinung war, die Gegend würde mir und meinem Bruder nicht gut tun, womit er auch recht hatte. Trotzdem waren ers schöne Zeiten. Man kann all das nicht so leicht erklären, man muss das einmal erlebt haben.

Salah D.

Uroma

In einem Buch aus DDR-Zeiten, irgendwo abgestaubt und nicht mehr zuzuordnen, fand sich als Lesezeichen ein etwas vergilbter Zettel. Auf ihm hatte eine „Uroma" einen kurzen Brief an eine „Karin" geschrieben. Der Inhalt dieses Briefes läßt der Phantasie des Lesers, der die beteiligten Personen nicht kennt, viel Spielraum. Der Brief dürfte aus den letzten Jahren der DDR stammen, der genannte „Shop" vermutlich der Intershop, ein Geschäft, das sich zwar in der DDR befand, in dem man aber Waren, aus landeseigener Produktion oder importiert, nicht mit der eigenen Währung bezahlen konnte.

In der Gruppe wurden die Zeitumstände und Wirtschaftsverhältnisse der späten DDR erörtert und erste Spekulationen darüber angestellt, in welchem Verhältnis die drei handelnden Personen wohl gestanden haben mögen und was mit der „kranken Puppe" gemeint sein könnte. Schließlich erhielt jeder Teilnehmer den nachstehenden, ohne Änderungen transskribierten Brief als Anregung für einen Text über Karin, Dieter und die Uroma.

Meine liebe Karin,
Mir fiel ein, Dieter braucht etwas aus dem Shop. Anbei hundert.
Habe Dank für den hübschen Sonntag. Ich höre die „kranke Puppe" und muss noch sagen, wie stimmungsvoll diese ½ Stunde war.
Ich wünsche Dir, dass Du noch öfter üben kannst. Vorerst toi, toi, toi für den Führerschein.
Lieb Gruss für Euch alle,
die Uroma

Allein zuhaus

„Karin! Karin!" Keiner meldet sich. „Mathias!", ruft die Stimme erneut. „Ja, hier, bin in der Küche. Sag mal, Schatz, hast du vergessen, einzukaufen, oder soll mir das signalisieren, dass wir etwas essen gehen sollten?" Sehr witzig, dachte sie. Seitdem Gisela und Dieter bei ihnen eingezogen sind und Karin das Mutterglück erfahren hat, hatten sie keine fünf Minuten mehr für sich. Von Ausgehen war überhaupt keine Rede mehr. Ihr Lieblingskleid würde neben den Augenringen wahrscheinlich so deplaziert wirken wie ein Swimmingpool in der Wüste. Sie versuchte erst gar nicht, darauf einzugehen. „Ich wäre ihnen sehr verbunden, wenn sie mir noch einen Tag Aufschub für die Einholung der Lebensmittel gewähren würden", sagte sie mit sarkastischem Unterton. „Aber wo wir gerade beim Einkaufen sind, was besorgt Karin denn so Wichtiges für deinen Vater?" „Was meinst du?", fragte Mathias schmatzend. Wahrscheinlich hatte er sich wieder ein Sandwich mit Blutwurst und Frischkäse gemacht. Wenn sie jemals gefragt werden würde, was sie an ihrem Mann stört und eine Scheidung wert wäre, dann wäre die Antwort definitiv seine Essgewohnheiten gewesen, war sich Jasmin sicher. Aber lieber so einen Mann als einen, der jeden Tag fünf Bier nach der Arbeit trinkt.

„Den Zettel, der auf der Kommode lag." Mathias kam nun auf sie zu und gab ihr einen Kuss auf die Wange. „Ach so, das. Ja, das hat sich erledigt. Mein Vater brauchte wohl noch was gegen die Übelkeit für die Reise morgen. Sie verbringen die Nacht aber bei Herbert und Anne und fahren dann von dort zum Flughafen." „Ach so." Jasmin war zwar über die Abwesenheit der beiden froh, wollte es aber nicht zeigen. Sie zog ihre Schuhe aus und steuerte wie gewöhnlich das Badezimmer an. Wie immer wurden die Hände gründlich gewaschen und anschließend desinfiziert. Zu ihrem Missfallen kam ihr wieder das Impfthema in den Sinn. Eine lästige Debatte mit ihrer Tochter über die Vorteile und Risiken von Impfungen bei Neugeborenen. Während sie sich schon immer dafür ausgesprochen hatte, konnte ihre Schwiegermutter Karin vom Gegenteil überzeugen. Ein Grund mehr, sie endlich aus dem Haus zu bekommen. Als sie die Küche betrat und den Kühlschrank öffnete, war sie selbst über dessen Leere überrascht. Wenigstens befand sich noch eine Flasche Grauburgunder darin. Sie nahm sie heraus, öffnete den Schraubverschluss, nahm ein Glas aus dem Schrank und schenkte sich ein. Beim Trinken des ersten Schluckes sah sie den unaufgeräumten Tisch. Tatsächlich waren noch die Spuren von Mathias' Brotzeit zu sehen. Kopfschüttelnd betrat sie das Wohnzimmer. Mathias saß mit einer Flasche Bier in der Hand vor dem Fernseher. Vermutlich lag sie schon dort. Als er sie küsste, hatte er sie jedenfalls noch nicht in der Hand. Oder doch? Wie auch immer, noch vier weitere Flaschen, und sie würde sich bei einer dieser Plattformen anmelden. Wie ihre Arbeitskollegin Sofia wäre sie dann sicherlich auch nur ein Objekt der Begierde und für die meisten Männer nur Mittel zum Zweck. Man musste keine Feministin sein, um zu erkennen, dass Frauen oft nur noch als Ware gesehen werden. Bei der Vorstellung, Alice Schwarzer würde sich online nach einem Treffen mit einem jungen Mann erkundigen, fing sie merklich zu schmunzeln an, was von Mathias nicht unentdeckt blieb.

„Was ist los?" „Ach nichts, ich hoffe nur, dass Lena nicht auf so einen Proleten wie Felix reinfällt." Felix, ein 23-jähriger Schulabbrecher und mit mehr Fehltagen auf dem Zeugnis als ein durchschnittlicher Beamter im Jahr, galt er lange als das Vorbild jeden schrecklichen Schwiegersohnes. Zu allem Übel schwängerte er Karin. Schnell wurde jedoch klar, dass es eines solchen Menschen nicht bedarf, um Lena großzuziehen, wie die Tochter letztlich genannt wurde. „Das hoffe ich auch", sagte Mathias zustimmend. Jasmin ließ ihren Blick durch den Raum schweifen. Ihr fiel auf, dass der DVD-Recorder angeschaltet war. Die Randnotiz auf dem Zettel kam ihr in den Sinn. Anscheinend wurde wieder das Theaterstück mit Karin in der Hauptrolle gesehen. „Die kranke Puppe". Ein Schulprojekt der 10. Klasse. Anfänglich hätte man noch vermuten können, Giselas Interesse daran sei gespielt. Da es aber schon fast zur Regel geworden ist, es sich einmal die Woche anzusehen, schien das Interesse an dem schlecht inszenierten Stück genauso echt zu sein wie Jasmins Unmut gegenüber ihrer Schwiegermutter.

Es war eine Selbstverständlichkeit für Mathias, dessen Eltern Opfer eines Hausbrandes geworden sind, jene aufzunehmen. Da Karin fast den gesamten Führerschein von ihren Großeltern finanziert bekam, war ihre Meinung natürlich absehbar. Absehbar war aber auch, dass ihre Mutter bald durchdrehen würde. Mathias hatte zwar eine starke Frau geheiratet, dennoch wurde ihrerseits lieber gute Miene zum bösen Spiel gemacht. Wie oft wurden schon die nervigen Ratschläge abgenickt, viel zu trockener Apfelstrudel runtergewürgt oder einfach nur gelogen, als man sich einen guten Morgen wünschte. Sie haben sich doch kein Haus gekauft, um keine Ruhe mehr zu haben. Die ersten Jahre waren sie immer kurz vor der Pleite. Mittlerweile hatte sich die finanzielle Situation gebessert. Aber selbst auf die 300 Euro Miete monatlich, die Jasmin vorgeschlagen hatte, verzichtete Mathias. „Wenigstens kaufen sich seine Eltern ihre Herztabletten selbst", spottete sie immer im Beisein Sofias.

Jasmin trank aus ihrem Glas und schaute zu Mathias. Die Jahre sind auch an ihm nicht spurlos vorbeigezogen. Zigaretten haben Furchen in die Haut geritzt und wo einst

Haare waren, sind die Stellen nun kahl. Ungewöhnlicherweise machte sich der Alkohol schon bemerkbar. Mathias trank nun auch schon sein zweites Bier. Noch drei, dachte sie. Bevor es aber dazu kam, lag es an ihr, in die Offensive zu gehen. Irgendetwas Positives muss es doch haben, wenn man das Haus für sich hat.

Leon K.

Sonntagsbesuch

Jeden letzten Sonntag im Monat gehe ich meiner Uroma Gisela einen Besuch abstatten. Oftmals bringe ich ihr etwas aus meinem Laden mit, den ich als „Kleinen Zirkusladen" getauft habe, weil es darin eben so viel Krimskrams gibt. Dieses Mal brachte ich ihr eine Kinderkassette mit, die ich aber zum selbst Hören auch gar nicht so schlecht fand. „Kranke Puppe" heißt sie und Uroma fiel fast vom Hocker, als sie die Kassette sah, weil sie sie selbst noch aus ihrer Kindheit kennt und eben Erinnerungen hochkamen. Sie garantierte mir, die Kassette erst selbst anzuhören, bevor sie sie an einen der Kleinsten unserer großen Familie weitergibt. Sie würde mir einen Brief schreiben, wie sie die Kassette fände. Außerdem würde sie dem Brief 100 Euro beilegen für diverse Dinge aus meinem Shop. Ihr alter, bester Freund Dieter habe demnächst Geburtstag und sie würde ihm damit eine Freude bereiten.

Auf jeden Fall sprachen wir bei einem Kaffee und Keksen über allerlei Klatsch und Tratsch, wie der letzte Monat war, was es neues gibt und wie die Dinge laufen. Eigentlich war alles wie immer. Gott sei Dank geht es uns und unserer Familie gut. Gisela wird nächsten Monat die 90 Jahre erreichen und das wird klein aber fein gefeiert.

Ich erzählte ihr noch, dass ich momentan wie eine Verrückte für meinen Lappen übe, wobei ich schon zweimal gescheitert bin. Doch dieses Mal war ich optimistisch. Sie bestärkte mich noch mit ein paar Motivationssätzen und dann war es auch schon Zeit, zu gehen. Wie immer versuchte sie, mich mit Milch und selbstgemachten Keksen zum länger Bleiben zu überreden. Doch wie gern ich auch wollte, diesmal ging es wirklich nicht. Also verabschiedete ich mich und ging.

Und genau so zuverlässig wie ich meine Uroma kannte, kam ein Brief von ihr vier Tage nach meinem Besuch an. Die 100 Euro für Dieter lagen bei und nochmals wünschte sie mir viel Kraft und Motivation, damit ich das mit dem Führerschein packe. Viele liebe Grüße für die Familie richtete sie aus und bestätigte, dass sie die halbe Stunde mit der Kassette genossen hatte. Das ist sie eben, meine liebe Uroma Gisela.

Salah D.

Die kranke Puppe

Es war ein schöner Sonntag. Dieter und ich saßen gerade beim Frühstück, als meine Uroma Annegret klingelte und vor der Tür stand. Ich öffnete die Tür und wurde herzlich mit vielen Küsschen und einer Umarmung begrüßt. Nachdem sie meinen Mann Dieter begrüßt hatte, bot ich ihr Kaffee und Brot an.

Wir saßen dann zu dritt in meiner kleinen Küche und haben gegessen. Nach dem Frühstück sind wir ins Wohnzimmer gegangen und haben uns unterhalten. Als Annegret mein neues Klavier sah, auf das ich lange und ehrgeizig gespart habe, fragte sie mich, ob ich ihr nicht etwas vorspielen wolle. Ich sagte: „Ja, gerne". Ich setzte mich vor mein Piolino-Klavier auf meinen Klavierstuhl und wärmte meine Finger erstmal auf. Ein paar Mal spielte ich die Tonleiter herauf und herunter und ein paar sehr leichte Stücke. Als meine Hände warmgespielt waren, fing ich mit einem Stück an, das „Die kranke Puppe" heißt. Aber da waren leider noch einige Fehler drin.

Als ich mit dem Spielen fertig war, unterhielten wir uns über meinen Führerschein, den ich gerade mache. Annegret wünschte mir viel Glück dafür. Sie sagte auch, sie hoffe, dass ich noch öfter am Klavier üben kann. Danach unterhielten wir uns noch über Dieter, dass er bald ein Vorstellungsgespräch hat. Sie gab uns deswegen, damit wir aus dem Shop noch einen Anzug kaufen können, 100 Mark.

Sie bedankte sich für diesen Tag und hat sich wieder mit Küsschen und Umarmung verabschiedet und ging nach Hause. Wir wünschten ihr noch einen guten Heimweg und gingen dann nach drinnen.

Alexander Oe.

Im Warteraum des Bürgeramts

Ein Schreibspiel

Bei einem Treffen zu viert entstand auf spielerische Weise eine Szene mit mehreren handelnden Personen. Vorgegeben waren zunächst der Ort und eine Reihe von Charakteren. Die Beschreibung des Ortes wurde gemeinsam präzisiert. Anschließend wurde aus fünf vorbereiteten Charakteren ausgelost, welcher Charakter dem einzelnen Teilnehmer zugeordnet wurde. Jedem wurde anschließend ein Augenwert des Würfels zugeordnet, mit dem das Spiel vollzogen wurde. Nun wurde reihum gewürfelt. Fiel ein

Augenwert zwischen eins und vier, hatte der Teilnehmer, dem dieser Wert zugelost war, für seinen Charakter einen Satz im Gesprächsverlauf zu formulieren. Bei den Augenwerten fünf und sechs mußte der würfelnde Teilnehmer ein Ereignis beschreiben (z.B. das Klingeln eines Telefons) bzw. einen anderen Mitspieler benennen, der diese Aufgabe übernahm.

Innerhalb von anderthalb Stunden entstand die nachstehende kurze Szene. Diese sollte wiederum den Ausgangspunkt für eine Geschichte bilden. Die Teilnehmer führten teilweise die Gesprächssituation weiter aus, teils wurden ausformulierte Erzählungen verfaßt.

Nachstehend wird zunächst das Ergebnis des Schreibspiels abgebildet. Es folgen zwei aus dieser Vorgabe entstandene Texte.

Vorgabe für eine Geschichte im Warteraum des Bürgeramts

Aufgabe:

Schreibe die Geschichte aus der Sicht der Person, die Du ausgelost hast. Die Geschichte kann lange vor der beschriebenen Situation beginnen und die Situation „deiner" Person aufnehmen. Irgendwann soll Deine Person in dem Warteraum eintreffen. Dort herrscht die nachstehend beschriebene Situation und der folgende Dialog läuft ab. Deine Person kann sich aber zusätzlich Gedanken machen, beobachten, eigene Eindrücke schildern oder leise vor sich hin sprechen. Auch Nebengespräche sind möglich, ebenso wie in der Vorgabe nicht genannte Personen.

Folgende Personen sind festgelegt:

Salah D.:	Lisa F., 28, mit Baby Tino, Lisa wohnt seit einem Jahr bei ihrem Freund und will ihr Neugeborenes anmelden.
Tristan:	Horst G., 61, braucht einen neuen Reisepaß und Personalausweis. Er ist Schlosser, arbeitet aber nur noch im Lager und wartet auf den Ruhestand.
Dennis K.:	Penny S., 38, Rechtsanwaltsgehilfin, Highheels, stark geschminkt, frisch getrennt, ist wieder zu ihrer ebenfalls getrennt lebenden Mutter gezogen und will sich anmelden.
Rin:	Fuad U., 19, Hiphopper, Einzelhandels-Azubi, hat alle Papiere verloren. Er sagt, sie seien geklaut worden.

Als zusätzliche Person, die sich in der Vorgabe noch nicht zu Wort gemeldet hat, könnte vorkommen: Elzbieta Z., 46, mit Tochter Anika, 9, braucht einen Wohnberechtigungsschein für eine neue Wohnung.

Situation und vorgegebener Dialog:

Dienstag, 10:30 Uhr, Warteraum des Bürgeramts Heckerdamm 2.

Es ist Sommer, der Raum ist recht voll und ein wenig stickig. Gegen die schlechte Luft hat man einen Standventilator in den Warteraum gestellt. Eine trockene, gammelige Büropalme steht in der Ecke. Auf einem Tisch liegen Zeitschriften. In einem Schriftenständer liegen Amtsblätter und Informationsbroschüren. An der Wand hängt das übliche Plakat, das die korrekte Gestaltung der Paßbilder erklärt.

Lisa, Penny und Fuad sitzen im Warteraum, Horst kommt herein und geht zu dem freien Platz neben Penny.

Hier beginnt die im Spiel entstandene Szene:

Horst nimmt sich eine Zeitschrift.

Lisa (leise, genervt): „Komm ich hier vielleicht noch irgendwann ran? Der Kleine kriegt bestimmt bald Hunger."

Fuad (halblaut): „Kiek mal, wie der Alte Bock sich an die Tusse ranmacht. Na, wer weiß, was der zuhause für nen Drachen hat."

Ein Handy klingelt.

Horst (genervt): „Kann man da mal rangehen, ick will in Ruhe lesen."

Fuad holt sein Handy heraus.

Lisa zu Fuad: „Könnten Sie bitte draußen telefonieren? Mein Baby schläft."

Penny (halblaut): „Kinder kosten nur: Geld, Figur und Karriere!"

Lisa: „Dann kümmern Sie sich doch um Ihre Karriere und geben Sie nicht zu allem Ihren Senf dazu!"

Penny: „Kein Grund, hier gleich rumzuzicken. Es kann ja niemand dafür, wenn Sie sich so jung schwängern lassen müssen."

Lisa: „Vielleicht wünscht du dir ja selber ein Kind und bis nur unfruchtbar."

Horst: „Ick glob, mein Schwein pfeift. Is hier jetzt mal Ruhe im Karton, oder wat?"

Lisa blickt Horst beleidigt an.

Horst zu Penny: „Mit solchen Leuten hat man es nie leicht."

Penny zu Horst: „Hören Sie mal, guter Mann. Ich kann mich schon selbst versorgen."

Über den Alltag – und wie man ihm entflieht (Horst)

Wenn er sein Leben hätte bildlich beschreiben sollen, hätte er wahrscheinlich gesagt, es war, nein, es ist wie in einer Achterbahn. Nur dass er gerade in dem einen Wagen saß, der den Schwung zum Looping verpasst hatte und stattdessen ganz unten zum Stehen kam. Und genau dort war er jetzt. Im Lagerraum einer Schlosserei, dem Inbegriff von Stille und Staub. Horst saß in einem ausrangierten Bürostuhl und alterte vor sich hin. Das Bild seiner Frau auf dem Schreibtisch vor ihm hatte er weggeschmissen, es war ihm einfach unerträglich, dass sie ihn auch noch bei der Arbeit schief ansah. Seit nunmehr unfassbaren 23 Jahren waren sie verheiratet, und es kam ihm vor wie ein ganzes Leben. Zugegeben, sie waren glücklich gewesen, so ungefähr zwei Jahre, aber dann…

Erst heute Morgen wieder: Da hatte sie ihn schon wieder angebrüllt, weil er zu lange den Wecker hatte klingeln lassen, weil der Rasierer zu laut war, oder weil er keine Brötchen geholt hatte. Die Liste war endlos und uralt. Er hatte schon längst aufgehört, über Fundamentales nachzudenken wie: Was habe ich bloß aus meinem Leben gemacht oder: War das wirklich alles, um zu einer Art grundsätzlicher Resignation überzugehen. Mit einem Seufzer ließ er den Kugelschreiber, den er nachdenklich in der Hand hielt, auf den Tisch fallen. Er nahm die Fernbedienung und schaltete den Fernseher ein, der seit der letzten Betriebsfeier unbenutzt geblieben war. Nein, doch nicht. Kurze Pause. Er war jetzt 61. Einundsechzig! Die Zahl hallte in seinem Kopf wider wie eine zerkratzte CD in einem Plattenspieler. Was sollte, abgesehen von der 62, jetzt noch kommen? Also doch der Fernseher. Erster Kanal: Schlagermusik. Zweiter: Ski-Langlauf. Dritter: Werbung. Vierter: Werbung. Fünfter: Werbung. Dann sah er sich halt Werbung an, wieso auch nicht.

Nach etwa zwei Minuten kam sein Chef herein. Natürlich, dachte Horst sich. Der ließ sich Monate lang nicht blicken, und jetzt, auf einmal…

„Mensch Horst, uff der Arbeit kein Fernsehkieken!" „Jaja." „Nich jaja, wie kommt det denn an bei de Kunden, wenn du hier…" „Sieht doch keene Sau." „Aber man hört's." „Und wenn schon, das is ne Schlosserei und kein Bestattungsunternehmen." „Jetzt reiß dich mal zusammen, Horst. Ich mag dich, echt, aber so, wie du dich hier verhältst…" „Dann geh ich halt. Schreib mir den Tag einfach krank."

Das war ihm irgendwie rausgeplatzt. Er hatte es eigentlich gar nicht sagen wollen, aber jetzt konnte er keinen Rückzieher mehr machen. Schnurstracks verließ er den Laden, vorbei an den Kunden, die ihm verdutzt hinterhersahen. Er war noch gar nicht tot, da hatte die Erde schon ohne ihn ihre Bahnen gezogen. Er war abwesend gewesen, doch nun befreit, wie von einer Last, die er schon gar nicht mehr verspürte, so lange zerdrückte sie ihm das Kreuz. Er bemerkte, dass die Langeweile ihm das Gefühl für die Zeit geraubt hatte, so viel davon war vergangen, seit die Welt sich ihm das letzte Mal in all ihrer Schönheit zeigte. Horst ließ das Auto stehen und beschloss, durch die von Staus geplagten Straßen zu spazieren. An einem Reisebüro in der Nähe blieb er stehen. Von der plötzlich aufgetauchten Euphorie der Freiheit gepackt, beschloss er kurzerhand, hineinzugehen und so endgültig den trostlosen Alltag zu verlassen, um sich dem zuzu-wenden, was das Leben ausmachte: einer Abfolge von Gelegenheiten.

„Sie sind doch nicht auf der Flucht, oder?" Die Dame vom Reisebüro war etwas überrascht, als Horst ihr klar-machte, dass er so schnell wie möglich abreisen wollte. „Schon ein wenig", antwortete er lächelnd. „Ich habe vor, meinem Alltag zu entfliehen… und meiner Frau." „Ah, ich verstehe", sagte sie verständnisvoll und fragte nach dem Reisepass. „Der ist aber abgelaufen, mit dem kom-men Sie nicht mehr weit."

Das war ja klar. Irgendetwas musste ihm ja auf dem Weg zum Glück im Weg stehen, doch Horst war ent-schlossen, dieses Mal hartnäckig zu bleiben. Zuhause angekommen, rief er zuerst im Bürgeramt an. „Frühester Termin in vier Monaten", hieß es da. Beim Auflegen spürte er sie wieder, die schlechte Laune, die in ihm auf-keimte. Mit ihr wurde das Leben wieder grau und stumpf. In den folgenden vier Monaten war er wieder in den Fän-gen des Alltags und begann immer öfter, dem Ende des Tages entgegenzufiebern. Nach einer gefühlten Ewigkeit war es dann schließlich soweit, doch Horsts Stimmung war trotz allem gedrückt. Unvorsichtig wie er war, hatte er schon im Voraus ein Flugticket nach Rio gebucht, und seine Frau hatte anscheinend nichts Besseres zu tun ge-habt, als hinter ihm her zu schnüffeln. Kurz gesagt – nach stundenlangen Streitereien hatte er ihr ein zweites Ticket kaufen müssen. Was ihn aber eigentlich am meisten wurmte, war, dass sie ihm keine Affäre unterstellt hatte. War das so unwahrscheinlich? In dem Wartesaal des Bür-geramts traf er dann auf Penny, die sich, wie sich heraus-stellte, gerade erst hatte scheiden lassen. Da kam ihm eine Idee.

Tristan

Fuad

Acht Euro! Allein für die Paßfotos! Fuad war extrem genervt. Als wenn die verlorene Monatskarte und das Geld für den neuen Perso nicht schon reichen würden. Auf der Bank würde man ihm sicher auch noch was für die neue EC-Karte berechnen. An den verlorenen Nachmittag auf dem Bürgeramt, der vor ihm lag, wollte er gar nicht erst denken. Mit den Kumpels wollte er sich am Kanalufer treffen, Mucke hören, rumspinnen, was halt so anlag. Fuad trat gegen einen weggeworfenen Kaffeebecher. Den Weg vom Center, in dem er sich beim Fotografen die Bilder hatte machen lassen, zum Bürgeramt am Heckerdamm ging er zu Fuß. Bei seinem Glück würde er sicher noch beim Schwarzfahren erwischt, wo doch die Karte weg war.

Es war ja sowieso ein völlig verkorkster Tag. Morgens hatte ihn sein Chef angeblafft, weil er mit seinem dicken Kopf nicht so richtig aus der Hüfte kam. „Wennde feiern kannst, kannste ooch arbeetn. Is det letzte Mal, sonst kannste dir n andern Ausbilda suchn." Naja, viel netter war der Alte ja nie, aber die Drohung, die Lehrstelle zu verlieren, war nicht ohne. Immerhin war er schon zweimal rausgeflogen. Der Drecksladen, in dem er jetzt untergekommen war, war gewissermaßen seine letzte Chance. Also hatte er nur sehr, sehr leise vor sich hingebrummt und versucht, dem Chef für den Rest des Tages aus dem Weg zu gehen. Die letzte Nacht klebte aber immer noch an seinen Beinen. Er hatte Streß mit Shirin gehabt, weil er mit Yara, seiner Ex, geschrieben hatte. Warum mußte sie auch immer in seinem Handy herumlesen? Deshalb war er abgehauen, hatte sich mit den Jungs am Club getroffen und ein bißchen über Musik und Autos gelabert. Und dann war der Wodka gekreist. Na, jedenfalls war er auf dem Heimweg allein, als ihm ausgerechnet die drei Typen aus der Nachbarstraße entgegenkamen. Mehmet, Grigorij und Jeremy, das Multikultidreamteam. Grigorij hatte er damals in der Neunten verpfiffen. Der hatte ihm das Gras verkauft, von dem ihm so unglaublich übel geworden war. Offensichtlich war er nicht der Typ fürs Kiffen. Und als man ihn gefragt hatte, woher das Zeug sei, hatte er ausgepackt. Grigorij war von der Schule geflogen.

Fuad hatte sich in den Schatten einer alten Linde gedrückt und war dann panisch durch die Grünanlage getürmt. Ob ihm die drei folgten, hatte er gar nicht geprüft. Aber bei der kopflosen Flucht mußte er seine Papiere verloren haben. Das hatte er aber erst am Morgen gemerkt, als er seine Monatskarte suchte. Seine Mutter hatte ein Faß aufgemacht, als er sie wegen etwas Fahrgeld ansprach. Sie müsse die drei Kinder allein durchbringen, was er sich einbilde. Und dann hatte sie ihm gleich vorgerechnet, was er jetzt alles zu bezahlen und zu erledigen hatte. Wenn er also nicht gleich aufs Amt ging, könnte er sich gleich wieder was anhören.

Fuad zog eine Wartemarke. Nummer 356. An den Anzeigen für die fünf Büros standen die zuletzt aufgerufenen Nummern. Als nächstes war demnach Nummer 342 dran. Der Wartebereich war in drei Teile geteilt. Er ging in den mittleren und setzte sich neben einen kleinen Tisch in der Ecke, auf dem eine gammelige Büropalme stand. Er schob sein Basecap ins Genick und zog die Ohrhörer aus dem Handy. Bonez MC mußte sich jetzt mal eine Pause gönnen, sonst würde er das Signal nicht hören, wenn er aufgerufen wurde. Er blätterte die Mappe mit den mitgebrachten Papieren durch und schmiß – natürlich – die Tüte mit den Paßbildern runter. Er hob sie auf und sah sie sich an. So sah er also aus? Er verglich die Fotos mit dem Plakat an der Wand gegenüber, auf dem genau erklärt wurde, was alles an so einem Foto falsch sein könnte. Dann schob sich ein Bauch ins Bild. Was für ein alter Knacker, dachte sich Fuad. Sieht aus, wie ein steinalter Berliner Kneipensitzer. Der bullige Mann mit der Halbglatze und den wabbeligen Jeans nahm sich eine Zeitschrift vom Tisch und setzte sich direkt vor das Plakat. Zwei Plätze rechts von Fuad brummelte eine Frau genervt: „Komm ich hier vielleicht noch irgendwann ran? Der Kleine kriegt bestimmt bald Hunger." Auf ihrem Arm hielt sie ein Baby, offensichtlich zu warm angezogen für den stickigen Warteraum.

Er sah sich die anderen Wartenden in seinem Teil des Raums an. Außer der jungen Mutter war da eine Frau, etwa so alt wie seine eigene Mutter, mit einem höchstens zehnjährigen Mädchen. Sie blickte abwechselnd auf die Nummernanzeige und fummelte am Kleid der Kleinen herum, auf die sie fast ununterbrochen einflüsterte. Sonst waren nur noch der Bauch mit Halbglatze und eine Frau auf dem Platz direkt neben dem Mann im Raum.

„Kiek mal, wie der Alte Bock sich an die Tusse ranmacht. Na, wer weiß, was der zuhause für nen Drachen hat," murmelte Fuad halblaut. Der Kerl hatte sich doch tatsächlich direkt neben die Frau platziert, obwohl genügend andere Plätze frei waren. Vor lauter Make-up konnte man das Alter der Frau zwar schwer schätzen, aber der Mann konnte ganz sicher ihr Vater sein. Vielleicht hatten ihn ja die High Heels oder der kurze Rock mit den schlanken Beinen angelockt. Dritter Frühling oder so. Fuad grinste. Es brummte in seiner Hosentasche. Im nächsten Moment füllte dieser fiese Klingelton den Raum, den er schon längst geändert haben wollte. Aber wann rief schon mal jemand an…

Während Fuad noch das Telefon aus der Tasche fingerte, blaffte der Glatzenbauch: „Kann man da mal rangehen, ick will in Ruhe lesen." Endlich hatte Fuad sein Handy heraus und sah auf dem Display, daß Shirin anrief. Die Mutter mit dem Baby zischte ihn an: „Könnten Sie bitte draußen telefonieren? Mein Baby schläft." So ein Quatsch, dachte Fuad, das zappelt doch die ganze Zeit. Während er aufstand, nahm er den Anruf an. Er versuchte, die Stimme zu dämpfen, als er „Hi Schatz", sagte. Hoffentlich machte Shirin ihm nicht schon wieder Streß. Er ging aus dem Wartebereich auf den Flur, nicht so sehr aus Rücksicht auf den Alten und die Babymama. Auf Zuhörer konnte er aber gut verzichten, wenn er sich seiner Freundin gegenüber rechtfertigen mußte. „Warte, ich geh kurz raus hier", sagte er zu Shirin. Auf dem Weg hörte er noch mit, wie die Geschminkte brabbelte „Kinder kosten nur: Geld, Figur und Karriere!", eine Bemerkung, die offensichtlich schuld war, daß zwischen den beiden Frauen ein zunehmend lauter werdender Disput entstand. „So, Schatz, jetzt kann ich reden." Shirin war offensichtlich immer noch zickig. Wo er denn wäre, wollte sie wissen. „Bürgeramt. Papiere beantragen. Wie? Na Perso und so. Warum? Naja, die sind weg." Aus dem Warteraum kamen die keifenden Stimmen der beiden Frauen: „Dann kümmern Sie sich doch um Ihre Karriere und geben Sie nicht zu allem Ihren Senf dazu!" Das mußte die Mutter sein. Die schrille Stimme der anderen ließ nicht auf sich warten: „Kein Grund, hier gleich rumzuzicken. Es kann ja niemand dafür, wenn Sie sich so jung schwängern lassen müssen." Oh Mann, dachte Fuad, sind denn alle Frauen so drauf? „Was, Schatz? Nein, die Papiere sind mir geklaut worden, in der Bahn oder so." Er hatte wirklich keine Lust, Shirin zu erklären, was gestern nach ihrem Streit abgelaufen war. Die war auch so schon mißtrauisch genug. „Vielleicht wünscht du dir ja selber ein Kind und bis nur unfruchtbar", tönte die Stimme der jungen Mutter aus dem Warteraum. Na toll, Shirin wollte wissen, welche

Frau da im Hintergrund sprach. Diese ewige Eifersucht nervte ihn am meisten an ihr.

Bevor er Shirin die Situation erklären konnte, kam ihm die Glatzenbauchstimme zu Hilfe. „Ick glob, mein Schwein pfeift. Is hier jetzt mal Ruhe im Karton, oder wat?" Die Stimme des Alten dröhnte über den Flur. „Hast du gehört", fragte Fuad, „da zoffen sich welche im Warteraum." Shirin hatte gehört und Fuad gelang es, sie ein wenig zu besänftigen. Als er von dem Streß mit seiner Mutter wegen der verschwundenen Papiere berichtete, war Shirin schon fast handzahm. Die beiden waren nicht gut aufeinander zu sprechen und Fuad hatte schon öfter die eine gegen die andere ausgespielt. Jetzt wollte er aber vor allem seine Ruhe haben und diese blöde Ausweisgeschichte hinter sich bringen. Mit ein paar gesäuselten Sätzen – er wußte genau, wie er Shirin um den Finger gewickelt bekam, wenn sie ihm nur die Gelegenheit dazu gab – verabschiedete er sich von ihr bis zum Abend. Dann würde er alles endgültig wieder einrenken.

Als Fuad in den Warteraum zurückkam, lag eine gespannte Stille zwischen den Wartenden. Die Frau mit dem Mädchen im Kleid war in der Zwischenzeit aufgerufen worden. Die junge Mutter spielte mit dem Nuckel vor dem Mund ihres Neugeborenen und warf dem Mann gegenüber immer wieder beleidigte Blicke zu. Der Alte blätterte lustlos in seiner Zeitschrift und sah bei jeder neuen Seite verstohlen zu seiner Nachbarin. Er deutete mit der Zeitung auf die andere Seite des Raums. „Mit solchen Leuten hat man es nie leicht", raunte er seiner Nachbarin zu. Fuad wußte nicht, ob damit die Mutter oder er selbst gemeint sein sollte. Gerade wollte er zu einer patzigen Antwort ansetzen, als die Geschminkte ihre Zickenstimme erhob: „Hören Sie mal, guter Mann. Ich kann mich schon selbst versorgen." Dieser gewollt korrekte Ton, mit billigem Hochdeutsch, das sich vergeblich bemühte, den

Berliner Slang zu überdecken! Der Alte schnaufte und schwang sich von seinem Stuhl auf. Er warf die Zeitschrift auf den Tisch und brummte: „War ja nur jut jemeint!" Während der Mann vor sich hin brubbelnd in Richtung Flur verschwand, wurde die nächste Wartenummer aufgerufen. Die Buntgeschminkte erhob sich und stöckelte aus dem Raum.

Fuad atmete tief ein und pustete hörbar aus. „Die waren ja vielleicht schräg drauf", sagte er. „Hm", antwortete die junge Mutter. „Wie heißt Ihr Baby denn?" Die junge Frau sah auf. „Tim. Drei Wochen war er gestern alt." Er sah sie zum ersten Mal lächeln. „Süßer Knopp", grinste Fuad, „macht aber bestimmt 'ne Menge Arbeit." „Klar", sagte sie, „lohnt sich aber. Der Zwerg ist das Tollste, was mir in meinem Leben bisher begegnet ist." „Jo, merkt man Ihnen irgendwie an", erwiderte Fuad. Das Signal der Anzeige ertönte. Die junge Mutter griff nach ihrer Wickeltasche. „Endlich. Ich bin dran. Na denn tschüß", nickte sie Fuad zu.

Die letzten zehn Minuten blieb er allein im Raum, bis endlich die 356 auf der Anzeige erschien. Zeit genug, um ein ganzes Kopfkino ablaufen zu lassen. Shirin kam darin vor, seine Mutter und die Kumpels von gestern Abend. Worum ging es eigentlich? Wollte er werden wie der Alte, der hilflos wildfremde Frauen anbaggerte? Und dann war da immer wieder das Lächeln der jungen Mutter und ihr Baby. Mit seinen 19 Jahren hatte so etwas ja noch Zeit. Aber heute Abend wollte er Shirin auf jeden Fall von dem kleinen Tim und seiner glücklich gestreßten Mutter erzählen. Ausnahmsweise ganz ohne Hintergedanken.

Rin

Alte Leute

Denken junge Menschen an das Alter? Und wenn, in welcher Weise? Welche Wahrnehmungen haben sie von alten Menschen? Diese Fragen kamen nach einem Filmnachmittag in der Gruppe auf. Im Film wurde ein Rockmusiker zum Ableisten von Sozialstunden in ein Altersheim geschickt. Neben der Liebesgeschichte zwischen dem Musiker und seiner Nachbarin, die nicht nur unter den nächtlichen Bandproben in seiner Wohnung litt, sondern im Heim zu allem Überfluß auch noch seine Vorgesetzte war, standen vor allem die Heimbewohner im Mittelpunkt der Geschichte.

Von einer rigiden Heimleitung ruhiggestellt und entmündigt, sehnten sie sich nach etwas Freiraum. Diesen erschloß ihnen der musikalische Hilfspfleger, der mit ihnen eine Band gründete und an einem Wettbewerb teilnahm. Das Happyend betraf nicht nur den Musiker und seine Nachbarin, sondern vor allem die von ihrer Leiterin befreiten Bewohner des Heims.

Die witzige Handlung und die liebevoll gespielten Charaktere der „Alten" gaben den Anstoß für die letzte Schreibaufgabe: einen Text über das Altern und über alte Menschen zu verfassen.

Kneipengedanken

Es ist wie immer voll. Dichter Zigarettenqualm setzt sich im Raum ab. Statt Gesichtern sieht man in den hinteren Reihen lediglich in kurzen Intervallen glühende Punkte. Für Nichtraucher sicherlich nicht ansprechend. Aber es gibt sie auch nicht. Ebensowenig sind hier

Menschen mit Erfolgsgeschichten anzutreffen. Die Aura jener gescheiterten Existenzen und verkannter Visionäre, wie sie hier regelmäßig auf abgenutzten Kneipenstühlen vorzufinden sind, konzentriert sich in der Raumluft. Das Interieur hat über die Jahrzehnte sämtlichen Charme verloren und die vergilbten Fußballwimpel, die über den Schnapsflaschen hängend Zeugnis über die letzte gewonnene Meisterschaft ablegen, spiegeln das Lebensgefühl der Kundschaft wider: Früher war alles besser. Früher muss alles besser gewesen sein. Schließlich geht es uns heute schlecht. Und wer besitzt schon die Naivität, anzunehmen, die Zukunft könne einen positiven Verlauf zutage tragen. Schließlich hat man das Erlebte gefühlt und das Kommende kann man nur erahnen, liest man aus den Augenringen der Menschen, die sich wie Kegel am Tresen aneinandergereiht haben.

Es ist kurz vor 18 Uhr. Jemand hat ein Fenster geöffnet. Der Rauch verzieht sich und man kann etwas Sauerstoff aufnehmen. Die Frau hinter dem Tresen spült Gläser. Ob sie zufrieden mit ihrem Leben ist? Ich frage mich, ob es anmaßend wäre, sie zu fragen, ob sie sich ihr Leben vor 30 Jahren so vorgestellt hatte. Einem Akademiker diese Frage zu stellen, fiele einem vielleicht leichter. Ich verwerfe meine Gedanken wieder und nippe am Ginger Ale. An einem Vierertisch vor dem geöffneten Fenster wird es laut. Es wird herzhaft gelacht. Eine Frau, die soeben von der Toilette kam, bestellt ein Herrengedeck. Interessant, denke ich. Frauen einer bestimmten Generation scheinen sich nicht für Genderdebatten zu interessieren. Vor meinem inneren Auge erscheint eine halb so alte Frau neben ihr und weist sie zurecht, dass eine solche Bestellung nur die Bestätigung für Männer ist, die sich geistig noch im 20. Jahrhundert befinden.

So schnell sie da war, verschwindet sie auch wieder. Dean Martin erweckt mich aus meinem Tagtraum. Jemand scheint an der Jukebox gewesen zu sein. Mir kommt der Gedanke, dass Musik die Brücke zwischen den Generationen sein kann. Oder anders gesagt, wenn mir jetzt schon Musik gefällt, die alte Leute hören, fällt es mir vielleicht selbst leichter, alt zu sein. Eine konkrete Angst vor dem Alter habe ich nicht, aber wenn ich später nichts außer der Musik habe, habe ich trotzdem nichts. Von unserer Generation wird verlangt, aktiv zu werden. Sich für Gesellschaft und Umwelt einzusetzen. Wahrscheinlich ist es auch egoistisch zu sagen, mich interessiert einiges davon nicht, weil ich bislang keine direkten Verwandten habe, die den mit Sicherheit in einigen Jahrzehnten schlechteren Umweltbedingungen ausgesetzt sein werden. Aber was würde es mir bringen, an einer Kreuzung gegen schadstoffausstoßende Spritfresser zu protestieren, wenn ich selbst fast zwanzig Zigaretten am Tag rauche. Man könnte die Debatte jetzt mit solchen oberflächlichen Aussagen weiter ausführen, aber es wird eben der Sache nicht gerecht. Im Grunde muss jeder selbst abwägen, was er bereit ist, in Gedanken ans Altern zu investieren.

Von dem Vierertisch steht jemand, der vor kurzem vermutlich den besten Witz seines Lebens gehört hatte, auf und schließt das Fenster mit dem Blick auf die Straße. Diese kurze drehende Handbewegung in Verbindung mit dem zugehörigen Geräusch befördert mich gedanklich in den Knast. Eine Schlüsseldrehung entfernt von dem Leben in Freiheit, wofür Menschen einst gekämpft hatten. In meinem Traum bin ich 22 und bereits seit einem Jahr im Gefängnis. Zufrieden mit mir selbst bin ich nicht, dafür aber bereit, den Optimismus nicht aufzugeben. Mit 12 dachte ich nicht, in zehn Jahren sitzt du hinter Gittern. Die Zukunft ist natürlich mit der Vergangenheit verbunden, doch Glück oder Schicksal, nenne man es wie man wolle, ist, denke ich, der Faktor, der die Zukunft von der Vergangenheit abkoppeln kann. Im Umkehrschluss würde das bedeuten, dass ich weder in den Genuss von Glück oder Schicksal gekommen bin und deshalb selbst für meine Lage verantwortlich wäre. Wahrscheinlich ist es auch so. Ein Grund mehr, darüber nachzudenken, was man tut, bevor man es tut.

Die Kohlensäure, die sich einst im Ginger Ale befand, ist mittlerweile verflogen. Ich lege fünf Euro auf den Tisch und verlasse das Lokal.

Leon K.

Gabriel

Wollt ihr mal etwas Lustiges hören? Ich bin 85 Jahre alt und obdachlos. Naja, eigentlich nicht mehr, seit zirka drei Tagen, da habe ich mir in einem, sagen wir, eher rustikalen Motel ein Zimmer gemietet. Wie es dazu kam, wollt ihr wissen? Ich werde es euch sagen. Vorher habe ich in einem Seniorenheim gewohnt, aber offenbar hat man dort etwas gegen alte Leute, die sich noch sehr jung fühlen. Okay, zugegeben. Der Grund für meinen Rauswurf ist wohl meine Schuld: wegen unzüchtigen Verhaltens. Hat aber leider nicht so geklappt, wie ich mir das vorgestellt hatte. Der Geist war willig, aber der Körper viel zu schwach. Tja, so ist das dann nun mal. Wenigstens bin ich jetzt der Herr meiner vier Wände. Auch wenn sie eigentlich nicht mir gehören.

Um das irgendwie zu feiern, zog ich los und betrank mich. In einer Kneipe im Hafenviertel konnte ich mir die Kante geben. Ich betäubte mich und meine Sinne mit so vielen Drinks, wie in mich hineinpassten. Der Barkeeper füllte auf meinen Aufruf hin immer schön mein Glas nach, hörte sich wie ein Friseur mein ewiges Gejammer an und gab hin und wieder einen Kommentar ab. Die Zeit verging so schnell, dass ich gar nicht merkte, wie draußen der Tag der Nacht wich. Als das Ende meines Saufgelages in Sicht war, hatte ich schon nicht mehr die Kraft, von selbst nach Hause zu gehen. Der Barkeeper war dann so freundlich, mir ein Taxi zu rufen. Das Hafenviertel war am Rande der Stadt und ich wohnte mittendrin. So hatte ich genug Zeit, zu bemerken, dass der Taxifahrer eigentlich eine Taxifahrerin war. Die Adresse hatte ich ihr lallend gesagt. Trotzdem kamen wir irgendwie ins Gespräch. Sie fragte, was ich so mache und was mich hierher verschlagen habe. Ich antwortete ihr, ich wäre Rentner und hätte zu viel Zeit. Sie fing an, von sich zu erzählen, dass sie noch gar nicht lange hier in der Stadt sei und das Taxifahren nur nebenbei mache, um etwas dazuzuverdienen. Ihr eigentlicher Traum wäre, Tierärztin zu werden. „Für mich sind Tiere die ehrlicheren Patienten. Sie würden einen nicht belügen und sind auch leichter zu ertragen." Ich war davon schon irgendwie beeindruckt, wie mir hier so eine junge Frau begegnete, die eigentlich noch ihr ganzes Leben vor sich hat, aber sehr taff wirkt und genau weiß, was sie will. Das ist heutzutage gar nicht mehr so häufig, finde ich. Das sagte ich ihr auch, worauf sie sich bei mir bedankte.

Als dann für kurze Zeit Stille einzog, konnte ich meine nette Fahrerin etwas näher betrachten. Sie schien eine ganz interessante Person zu sein. Soweit ich es erkennen konnte, hatte sie eine Kurzhaarfrisur, was wohl heute modern ist für Frauen. Aber ihre Haarfarbe brachte mich dann doch etwas ins Grübeln: sie waren grün. Da zwang mich meine Neugier einfach, sie zu fragen. „Was ist das mit Ihren Haaren? Warum gerade grün?" Ich dachte schon, sie wäre beleidigt und würde antworten, was mich das anginge. Aber nein, sie lachte nur und antwortete: „Naja, wissen Sie, Sie sind nicht der Erste, der mich das fragt, und es ist doch ein prima Gesprächseinstieg. Also, das ist so, keiner kann doch wissen, was das Leben so für ihn bereithält. Und da man nie ganz die Hoffnung verlieren sollte, trage ich, um mich immer daran zu erinnern, ein bisschen Hoffnung mit mir herum, denn dafür steht die Farbe grün." Dann fiel mir auch auf, dass sie mehrere Tattoos hatte, aber bevor ich sie dazu befragen konnte, gab sie mir schon eine Antwort. Als ob sie meine Gedanken kennen würde, sagte sie: „Die Körperverzierungen erzählen alle eine Geschichte. Die meisten sind Teil meiner eigenen Geschichte und ein paar erzählen die Stories von anderen. So kann man sie mitteilen, ohne groß irgendwelche Worte zu wechseln." Als ich das alles hörte, war ich ziemlich baff. Als ich sie fragte, wie alt sie sei, antwortete sie: „Also erstens fragt man das eine Lady nicht." Bevor sie weitersprechen konnte, versuchte ich auch schon, mich zu entschuldigen: „Es tut mir ja so leid, wo sind nur meine Manieren ." Da hatte sie aber schon gelacht und gesagt: „Und zweitens war das gerade urkomisch. Ich bin 27 Jahre alt." Ich sagte zu ihr: „Ich bin überrascht. Ich bin jetzt mehr als dreimal so alt wie sie, aber durch Sie habe ich schon etwas neues gelernt. Tja, man lernt halt nie aus." „Das ist ja auch gut so", antwortete sie. „Stellen Sie sich doch mal vor, ab einem bestimmten Zeitpunkt würde der Mensch kein Wissen mehr aufnehmen können. Das wäre doch irgendwie wahnsinnig. Als ob man ständig dasselbe tut und dann andere Ergebnisse erwarten würde. Aber sagen Sie mal, nun habe ich so viel von mir gesprochen. Wie sieht es denn bei Ihnen aus? Ich weiß nur, Sie sind Rentner und haben zu viel Zeit. Worum ich Sie im übrigen schon beneide, also, um die Zeit, nicht um das Altwerden." „Danke", antwortete ich ihr und versuchte, das mit dem Alter einfach so gut wie möglich wegzustecken. „Nun, ich war Krankenpfleger im New Yorker All Saints Hospital, ganze 46 Jahre lang." „Wow, das ist ja hammermäßig", unterbrach sie mich, „meine Granny liegt leider zur Zeit dort, wegen Herzproblemen. Das ist Kacke." Ich antwortete ihr: „Ja, das ist es, aber sie ist in guten Händen. Die Leute dort wissen, was sie tun. Trotzdem gute Besserung für ihre Großmutter."

So nett die Unterhaltung auch war, die Zeit war um und ich hatte mein Ziel erreicht. „64,75 $ bitte", sagte sie. Ich gab ihr 70 und winkte zum Abschied. Sie lächelte und fuhr in die Nacht davon. Endlich ging ich in mein Zimmer und gönnte mir eine Mütze voll Schlaf.

Als ich am nächsten Morgen erwachte, dröhnte mir der Schädel. Ich versuchte, meine Augenlider etwas zu öffnen und sah eine mir unbekannte Zimmerdecke. Eine Weile brauchte ich, um zu realisieren, dass dies doch meine Zimmerdecke war. Zumindestens hatte ich sie drei Tage zuvor gemietet. Ich unternahm einen Versuch, aus dem Bett zu steigen, was in meinem verdammten Alter schon nicht mehr ganz so einfach ist, müsst ihr wissen. Als ich es endlich doch geschafft hatte, ging ich ins Badezimmer, um mir eine Ladung kaltes Wasser ins Gesicht zu hauen. Wie ein fast Blinder versuchte ich, den Lichtschalter zu ertasten. Als ich ihn gefunden und gedrückt hatte, wurde mir klar, dass das keine so gute Idee war. Ein Blick in den Spiegel hatte genügt, um mir zu zeigen, dass alt werden Scheiße aussieht. Die Haare werden weiß und fallen irgendwann aus. Die Augen werden immer schlechter, also muss eine Brille her. Dann auch noch die Falten, die man nach und nach bekommt. Sie werden immer größer und tiefer, bis man wie der Grand Canyon aussieht. Der gruselige Anblick meiner selbst hat mich wenigstens wach gemacht, was übrigens ohne eine schöne heiße Tasse Guten-Morgen-Kaffee schon an ein kleines Wunder grenzt.

Damals, in meinem Berufsleben, als ich noch Pfleger im All Saints Hospital war, da gab es immer etwas zu tun. Keine Zeit zum rumlümmeln, ach wie war das schön. Aber heutzutage verbringe ich die meiste Zeit damit, mich furchtbar zu langweilen. Ich schaue auf meinen Wecker und vollziehe die morgendlichen Rituale wie Bett machen, Zähne putzen, Duschen gehen, Klamotten anziehen und dann noch mein ganz persönliches Highlight: für fünf Minuten mein Spiegelbild zornig ansehen. Obwohl man statt von ansehen lieber von ertragen sprechen könnte. Damals sagte unser Chefarzt immer: „Denkt daran, es gibt keine kleinen Aufgaben und keine kleinen Leute. Denn ein jeder ist wichtig und leistet wichtige Arbeit." Es heißt immer, man ist so alt, wie man sich fühlt. Das ist Bullshit. Denn, wenn man auch noch so gute Arbeit leistet, wird man doch früher oder später gebeten, seinen Hut zu nehmen. Versteht mich jetzt nicht falsch, der Ruhestand hat natürlich auch seine Vorteile. Ausschlafen zu können, beispielsweise. Das bringt einem bloß nicht sehr viel, wenn man Frühaufsteher ist. Oder man hat jede Menge Freizeit zur Verfügung. Oh Gott, ich brauche dringend etwas zu tun. Vielleicht sollte ich mir ein Hobby zulegen. Da gibt es allerdings etwas, das mir der Ruhestand doch Positives gebracht hat und das ich so schnell bestimmt nicht wieder hergebe: meine neue Spontanität. Als ich noch in diesem Knast, den die Gesellschaft Altenheim nennt, wohnte, entdeckte ich bei einem meiner, wie ich sie nenne, „Alte-Leute-Spaziergänge" ein sehr nettes kleines Café, an der Ecke, wenn man die Straße herunterläuft. Dieser schöne ruhige Laden, in zweiter Generation geführt, wurde für mich ein guter Rückzugsort. Immer, wenn ich das Gefühl habe, mir fällt gleich die Decke auf den Kopf, gehe ich dorthin für einen Tapetenwechsel. Wie sich bei meinen ersten Besuchen dort herausstellte, kannte ich den Vater der jetzigen Besitzerin, von dem sie das Café übernommen hatte. Er war einmal Patient auf meiner Station im Krankenhaus. Deswegen empfängt mich seine Tochter immer mit einem besonderen Lächeln.

Das Café ist nicht besonders groß, es hat Platz für etwa dreißig Gäste. Das einladende Ambiente gefällt mir sehr und die nostalgische Atmosphäre, die man hier spüren kann, ist für mich immer etwas Besonderes. Man merkt, dass sich die Leute bei der Einrichtung wirklich Gedanken gemacht haben. Der Boden ist dunkles Parkett, die diversen Pfeiler sind mit verschiedenen Mosaiken verziert und die Wände tragen Tapeten in warmen Farben. Von der schneeweißen Decke hängen moderne Lampen. Patricia, die Besitzerin dieser Wohlfühloase, ist eine sehr nette, im Vergleich zu mir noch sehr junge Dame um die Mitte vierzig. Sie hat den Laden mit dem gesamten Personal übernommen, als ihr Vater starb. Ein netter kleiner, bunter Haufen ist das, Kellner, Barista, Konditoren, Reinigungskräfte und eine alte Kassiererin. Jeder von denen ist schon irgendwie eine komische Nummer, aber ohne sie würde dem Laden, glaube ich, etwas fehlen. Die Kassiererin ist zwar jünger als ich, etwa Mitte sechzig, aber man würde das wohl nicht denken, sie sieht nämlich wie eine alte Märchenhexe aus. Sie ist aber eine ganz Liebe. Die Reinigungskräfte sind zwei junge Männer, die Saubermänner. Ein großer, dünner trägt immer ein blaues Stirnband und ein kleiner, breiterer einen roten Gürtel. Dann sind da noch unsere „süßen Zwillinge", zwei Damen Mitte dreißig. Man kann sie eigentlich nur durch ihre Arbeit unterscheiden, denn eine macht das Gebäck und die andere die Torten. Neben dem Oberkellner, einem kräftigen aber stillen Kerl mit Glatze, markanter Brille und einer Narbe auf der linken Wange, bedienen noch ein männliches Mauerblümchen und eine düstere Rebellin. Und dann wären da noch die Stammgäste, zu denen ich mich mittlerweile auch zähle.

Was das Café für mich so besonders macht, ist die Leseecke, die immer gut besucht ist. Hier verbringe ich eine Menge Zeit, in meiner Hand ein guter Thriller, auf dem Tisch ein leckeres Stück Torte und ein Cappuccino. Wie meistens saß ich auch heute an meinem Stammplatz am Fenster, wo ich so vertieft war, dass ich kaum merkte, wie die Tür aufging. Eine junge Frau kam ins Café und setzte sich an den Tresen. Sie unterhielt sich kurz mit Patricia, die dann auf mich deutete und mit ihr an meinen Tisch kam. „Hey Gabriel, hör mal, da möchte dich jemand sprechen." „Kein Problem, was gibt es denn?" Die junge Frau setzte sich an meinen Tisch und stellte sich vor. „Ich heiße Victoria und bin Autorin. Ich schreibe an einem Buch über Menschen mit interessanten Lebensgeschichten. Hätten Sie etwas dagegen, wenn ich Ihnen ein paar Fragen stelle?" „Ach nein, wenn Sie meinen, ich hätte etwas Interessantes zu erzählen. Schießen Sie nur los."

Victoria fragte mich: „Gabriel, ich habe gehört, Sie haben im Krankenhaus gearbeitet. Würde es Ihnen etwas ausmachen, mir von Ihrem interessantesten Fall zu berichten?" Ich überlegte einen Moment und begann: Das war in den 90er Jahren. An diesem Tag goss es wie aus Eimern. Zu dem Zeitpunkt hatte ich Dienst in der Notaufnahme, da kam auch schon der Rettungswagen. Die beiden Sanitäter, David und Tanja, brachten uns zwei schwerverletzte Autounfallopfer, eine Frau und einen Mann. An sich leider nichts Ungewöhnliches. Aber die beiden sahen aus, als kämen sie gerade frisch von ihrer Hochzeit, sie im Brautkleid, er im Anzug. Als noch zwei weitere Personen aus dem Wagen stiegen, konnten sie etwas Licht ins Dunkel bringen. Es waren der dreizehnjährige Sohn des Pärchens und der Bruder der Braut. Das Pärchen war auf Tragen unterwegs zur Behandlung, der Bruder und der Sohn liefen hinterher. Da sagte der Bruder: „Bitte, Sie müssen uns helfen, wir waren gerade unterwegs von der Hochzeit zurück nach Hause, als uns mitten auf dem Weg so ein paar dämliche College Kids geschnitten haben und so den Unfall verursachten."

Ich war Mitglied des OP-Teams und später für die Nachsorge zuständig. Die Operationen der beiden waren lang und hart, denn sie hatten sich viele verschiedene Verletzungen zugezogen. Als alles vorbei war, sah es so aus, als könnten beide gerettet werden. Die Frau würde aber für immer an den Rollstuhl gebunden bleiben. Nach der OP lagen beide auch noch für eine längere Zeit im künstlichen Koma. Zum Glück konnten wir es so einrichten, dass die beiden sich ein Zimmer teilen konnten.

Kevin, der Sohn, kam jeden Tag nach der Schule her, manchmal sogar ohne seinen Onkel, wenn es nicht anders ging. Ich begrüßte ihn jedes Mal und er fragte jedes Mal, ob es etwas Neues gäbe. Ich dachte mir öfter, was für ein tapferer Junge das doch ist, und dann auch noch so gescheit in diesem Alter. Drei Monate lang hatte ich immer die gleiche Nachricht: „Tut mir leid, noch nichts Neues. Nur manchmal bewegen sie einzelne Glieder. Aber gib die Hoffnung nicht auf, das wird schon." Dann kam ein Tag, den ich nicht vergessen werde. Es war Kevins 14. Geburtstag. Kevin war noch in der Schule, aber in ein paar Stunden müsste er hier sein. Ich war auf meinem Kontrollgang und kam in das Zimmer der beiden, als mich fast der Schlag traf. Beide Eltern wachten fast gleichzeitig auf. Wir konnten Kevin das schönste Geschenk überhaupt machen: ein Wunder!

Victoria war offensichtlich beeindruckt von diesem Erlebnis. Sie hatte die ganze Zeit Notizen gemacht und sah mich jetzt an. „Mann, das ist ja eine tolle Geschichte. Ich wette, Sie haben davon noch eine ganze Menge zu bieten. Würden Sie mir mehr von sich erzählen?" Naja, ich fühlte mich schon geschmeichelt, aber für heute war das wohl genug, sagte ich ihr. Immerhin bin ich nicht mehr der Jüngste, wie ihr wisst. Wir haben uns für nächste Woche zur gleichen Zeit verabredet und ich muss sagen, dass ich mich sehr darauf freue.

Dennis K.

Das Leben. Mein Leben.

Ich bin jung, 21 Jahre jung, um genau zu sein. Ehrlich gesagt, mache ich mir viele Gedanken um das Altern. Die häufigste Frage, die ich mir stelle, ist tatsächlich die, wie alt ich überhaupt werde. Werde ich Vater, werde ich Opa oder sogar Uropa? Das wird mein Schicksal entscheiden. Ich warte ab und schaue mal, ob das Schicksal es gut meinen wird mit mir. Ich bin aber optimistisch, denn ich habe oft, sehr oft, Pech im Spiel, bekomme aber meist zu hören, dass ich dieses Glück wieder in der Liebe finden werde. Ich will nicht sagen, ich habe Angst vor dem Altwerden, dafür aber großen Respekt.

Meine beiden Großmütter sind große Helden für mich. Beide leben alleine und beide meistern das wie die Weltmeister. Klar haben sie es schwer mit vielen Dingen, denn beide sind schon Ende 70. Eine hat noch Kraft, die andere nicht mehr so, doch beide zeigen mir, dass sie noch stark sind. Man ist immer so jung, wie man sich fühlt. Aber der Körper wird schon irgendwo etwas gerostet sein. Die Hauptsache ist, dass meine Großmütter viel Unterstützung bekommen, wo und wann immer sie wollen.

Noch ein sensibles Thema für mich ist, dass auch meine Eltern alt werden. So schreibt es uns die Natur vor, doch wenn ich daran denke, tränen mir die Augen. Ich bin sensibel, was dieses Thema angeht. Als ich kleiner war, dachte ich, ich lebe für immer und meine Eltern auch.

Doch leider ist es nicht so. Meine Mutter ist Anfang 50 und mein Vater Mitte 50, und beiden wünsche ich ein langes, gesundes und vollkommenes Leben. So gesehen sind sie ja noch jung, aber das Leben ist unberechenbar. Ich werde sie unterstützen und immer für sie da sein, jetzt und auch wenn es irgendwann soweit ist. Und ich hoffe, so wird mein Leben auch enden.

Ich möchte, dass meine Kinder meine Eltern kennenlernen können und andersherum. Ich möchte, wenn ich alt werde, Unterstützung bekommen, wenn ich alleine nicht mehr kann. Ich möchte ein gesundes Leben führen und alles dafür tun, um gesund zu leben. Ich möchte, dass alten Menschen, egal wann und wo, Respekt entgegengebracht und Hilfe angeboten wird. Respekt sollte auch zwischen Alt und Jung ein Thema sein. Ich wünsche allen alten Menschen auf der Welt das Beste und dass sie gute Unterstützung bekommen. Denn egal, wie alt man ist, man lernt immer dazu, man ist nie zu alt zum Lernen. Wenn ich mit Ende 70 sterbe, Kinder und Enkel habe, gesund und gut gelebt habe und ein Vorbild war, sterbe ich glücklich.

Salah D.

Dank

Am Ende dieses Buches muß der Dank an alle Beteiligten stehen. Dank gebührt vor allem den Autoren:

Alexander Oe., Dennis K., Jeffrey H., Jokubas S., Leon K., Merlin S., Roy T., Salah D., Sven W., Taleh B., Tobias V. und Tristan für ihre Texte sowie Shamil O. für seine Zeichnungen.

Dank gebührt den Verantwortlichen der Jugendstrafanstalt: der Anstaltsleitung, den Mitarbeitern der verschiedenen Fachdienste und den Bediensteten des Allgemeinen Vollzugsdienstes in den Häusern für ihr Unterstützung, ohne die ein derartiges Projekt nicht möglich wäre.

Ein besonderer Dank gebührt Frau Anzhelika Eibenstein für die Anregung und Vermittlung der Illustrationen und Frau Petra Klingl für die Hinweise und Anregungen zum Thema Haiku.

Schließlich danke ich meiner Frau Barbara für ihre Geduld und die Korrekturarbeiten.

Thomas Marin
im Mai 2018

„Und jetzt sitze ich am Fenster und entdecke die poetische Ader in mir."

Dieser etwas selbstironische Satz eines Gefangenen soll als Einladung zu einem neuen Schreibprojekt in der JSA dienen. Um mitzumachen, musst Du nicht am Fenster sitzen und Du musst Dich nicht als Poet fühlen. Wenn Du gern Texte schreibst, Briefe, Geschichten, Gedichte oder Raps, bist Du richtig bei diesem

Schreibprojekt

In einer kleinen Gruppe wollen wir uns im Abstand von 14 Tagen treffen und unsere Texte gegenseitig vorstellen. Wir wollen uns von fremden Texten oder vorgegebenen Situationen anregen lassen und unsere Gedanken und Gefühle in verschiedenen Formen und Stilen ausdrücken.

Die besten Texte sollen über einen Zeitraum von etwa zwei Jahren zu einem Buch zusammengefasst und öffentlich präsentiert werden.

Wenn Du mitmachen möchtest, bewirb Dich mit einem selbstgeschriebenen Text.

Das Projekt findet im Katholischen Pfarramt statt. Aus organisatorischen und Platzgründen können maximal sechs Teilnehmer gleichzeitig beim Projekt mitmachen. Nachrücken ist aber möglich, sobald ein Platz frei wird. Und jeder Bewerbungstext wird gelesen und gewürdigt.

Bewerbung **bis zum 19. November 2015** mit Vormelder und eigenem Text bitte an:

Diakon Thomas Marin, Katholischer Seelsorger an der JSA Berlin